三民叢刊104

新詩補給站

渡也著

三民書局印行

序

渡也

書名《新詩補給站》，有點誇張，鄙意並非表示書中、站裡蘊藏豐富的糧食或油料，而是希望竭盡我所有、所能，來奉獻給讀者。但願不嫌棄的讀者能從「補給站」裡各取所需，因而健壯、成長，在詩的國度。

我打從初中開始塗鴉，寫些極不成熟的詩作。高中時代，則模仿楊牧、葉維廉、商禽等前輩的詩，並正式對外發表拙作。在當時的嘉義縣市刊物《嘉義青年》、《水星詩刊》及《青年戰士報》「詩隊伍」版，除了發表詩作，也嘗試撰寫新詩批評的文章。這一路行過來，直到今天我寫〈序〉的這一刻，八十三年最後一天晚上，這一條「詩路之旅」，算起來已走了二十八年之久。此期間，我寫詩、詩評論、教詩及辦新詩活動，過的是十足的「詩生活」。

至今我已有九本詩集問世，六月以前將出版《我策馬奔進歷史》詩集，合計十本。這本《新詩補給站》乃是繼《渡也論新詩》、《新詩形式設計的美學》二書之後，第三本新詩評論著作。與詩集相較，我於新詩批評、理論的撰述產量極少，仍須努力。此外，我從事新詩教學工作殆近十載，近三年策劃、舉辦多場新詩活動並與詩友創辦《臺灣詩學季刊》。詩，是我的最愛，生死不渝。

詩是我的血，我的肉，我的生命。

本書共收入拙文三十一篇，就特色來看，約可分為四類。

第一類是寫詩方法論。無論教新詩或現代散文創作，寫作教學乃是我多年來研究重點之一。我在國立彰化師大任教已七年餘，本校國文系教師負責臺灣中區（苗栗以南，嘉義以北）的中學國文教學輔導，我在這方面花了不少心血，經常南北奔波，到中區諸多國中、高中與國文老師交換意見，有些老師輒詢及如何教好作文或怎麼教學生寫詩？再者，本校學生於上「文學與人生」、「新文藝習作」課時，亦常問我如何寫新詩？可見這是一個不容忽略的課題。為了回答、解決此一問題，我先後發表〈欲把金針度與人〉、〈寫詩秘訣〉、〈新詩的斷句與分行〉等文，想提供一些簡易的策略、妙方，幫中學國文老師及學生、讀者迅速提詩筆上陣。坊間有些教人撰寫新詩的書籍，泰半天馬行空，不切實際，讀者看完數本諸如此類之作，依然故我，仍不會寫詩。吾友蕭蕭《現代詩創作演練》、白靈《一首詩的誕生》兩本大著，倒是相當實際、受用。公開獨門秘訣，現身說法，使讀者能很快地學會作詩，是功德一件。其實，寫詩並不難，詩就在你身邊，詩就在日常生活中，造詩運動大家一起來吧！

其他三類為新詩應用學、新詩批評及新詩著作自序。

十年來，文學除了出現在報紙副刊、文學雜誌、文學著作，亦攻城掠地，侵佔報紙副刊之外的廣告版及電視、雜誌的廣告畫面，此種「應用文學」，乃「文藝社會學」課程的一種，也是我近數年研究專題之一。〈新詩在廣告上的應用〉、〈廣告、兒童與臺語〉、〈汽車廣告與新詩〉、〈非軍事化的軍事廣告〉等文卽是我在這方面的一點成績，此外我尚且發表過〈文學與廣告〉、〈文學與選舉〉、〈文學在選舉文宣上的運用〉等「應用文學」方面的論文，然而並非純粹與新詩有關，故未收入本書。文學出現在廣告上，可謂「廣告文學」，起碼具有下列益處：

一、提升廣告品質。

二、吸引消費大眾。

三、提升大眾水準。

四、推銷文學作品。

「廣告文學」絕不能以嚴肅的學術眼光來評價，蓋廣告以商業、利益為目的，廣告能遣用文學實難能可貴，我們又何必強求「廣告文學」達到高水準？試想倘若「廣告文學」過於深奧，水準太高，消費大眾有多少人了解？如果消費者大多看不懂，則廣告可能無效果可言。

從高中時代伊始，嘗試從事賞析、批評新詩的工作，雖不成熟，但我大量吸收各種知識，努力寫這一類文章，希望有一天能交出一張漂亮的成績單。二十多年來，著實寫下諸多此類文章，有些已收入《渡也論新詩》書中，其他如〈有糖衣的毒藥〉、〈顛三倒四的余光中〉、〈淺論「一九八二年臺灣詩選」〉、〈談鄭愁予的田園詩〉、〈田園模式的變奏〉、〈渡也 v.s. 渡也〉、〈嘉雲南地區文學獎〉等批評文章，也是我詩理論的實踐、試驗。新詩必須積極推廣，使之普遍流行，新詩及詩人才不致感到寒冷與寂寞。新詩如要推展，讓更多讀者接受、喜愛，則賞析、批評的文章的大量發表，不失為一條可行的途徑，期待更多人來做這種工作。十餘年前，新詩鑑賞、批評的文、書，很多人撰寫、關心，曾幾何時，那份熱情已烟消雲散，十分可惜，企盼不久能死灰復燃。走筆至此，有件舊事必須重提，女詩人席慕蓉大著《七里香》、《無怨的青春》擁有些優點，但也有不少疵病，〈有糖衣的毒藥〉一文即針對這些優缺點而論。艾略特（T. S. Eliot）曾表示：

對許多作品成熟後尚有所發展，有所變化的詩人之作品，「實驗」(experimentation）這個字眼可以應用，而且應用得有光榮。當一個人年紀增長，他會轉向新的題材，或者他會以不同的方式處理同樣的素材。

真是真知灼見，可供席女士參考。如今席女士的詩、文已大不同往昔，尤其自她回故鄉蒙古之後，我樂觀其成。

另一類是新詩評論集、新詩集的自序，如〈渡也論新詩〉、〈落地生根〉、〈波特萊爾、商禽與我〉、〈「不准破裂」序〉、〈「手套與愛」自序〉等，關於那些拙著的內容，這些序文已交待清楚，茲不贅述。

本書中少數幾篇學術論文除外，餘均屬通俗性者，這點有必要說明。吾師黃永武博士近一、二十年來強調學術大眾化，並有數本巨著實踐此一理念，頗受讀者熱愛。鄙意亦以為固然需要有純學術的研究論文，但也該有平易、通俗的論文來促銷、推展文學，本書泰半是這種觀念下的產物。與其抱怨詩路越走越窄，慨嘆掌聲愈來愈少，不如多推出平易近人而有味的詩，不如多寫大眾化的新詩論述！

文學理論經常求新求變，新批評、原型批評、結構主義、解構主義、精神分析、女性主義、讀者反應等等，二十年內不斷地推陳出新，批評、鑑賞角度、方法隨之變易；因而，閱讀、吸收嶄新的理論，極其重要，我常以此自勉。當然，擁抱全新的，並不一定要拋棄老舊的，我認為只要合理、適當的，無論新舊理論皆值得採用，這幾句話，也給一味追新逐奇者參考。

回顧過去，瞻望未來，益覺新詩研究的領域既深且廣。既然已一腳踩進來，更須像過河卒子，只能拚命向前。這條路，已走了二十八年，如今我已四十二歲了，還要勇往直前，奮戰不懈，再走二十八年、五十六年！

——八十三年十二月三十一日寫於臺中大里

新詩補給站　目次

欲把金針度與人

——如何教學生寫新詩

以海峽兩岸來比較，臺灣有關寫作方法論的著作委實不多，且泰半不切實際；大陸在這方面，恐怕已有上千種專著問世，而且既深入又實用。此一現象頗值得我們反省。

在各種文體創作方法論中，本文僅挑新詩而言。國內近幾十年來出版一些教導讀者創作新詩的書籍，但除了白靈《一首詩的誕生》、蕭蕭《現代詩創作演練》等書外，極少剖析一首詩之形成過程，過程中的每一步驟。諸如此類不切實際之著作，即使仔細讀過數本，照樣不會下筆寫詩，毫無益處。有些教人寫詩的書，從頭到尾一味談修辭。修辭固然與寫作息息相關，但修辭畢竟不等於寫作。進一步而言，學會修辭，未必能處理題材，不見得能針對題旨寫出新詩之一段，甚至一篇。

詳細而又正確地指導初學者如何造簡單句？如何造複雜句？如何寫出一段？如何寫出一

首詩？實在值得研究寫作方法論的專家學者，以及在大學開現代文學、新文藝習作課程的教師注意。

本文擬舉幾個方法及一些詩例加以介紹、說明。

一、造句

可試著以動、植物或景色、意念等爲描寫對象，練習簡單而有意義的造句。例如以植物「菊花」爲題材，造出下列句子：

(1)黃色的火焰
(2)黃皮膚的女子
(3)東籬下小小的陶淵明
(4)黃銅爆炸
(5)黃色的音符
(6)……

初學者但求句子美好動人即可，不必有其他企圖，不須考慮句子應表達什麼主題。在這種漫無目的、毫無拘束的情況下，初學者發揮的空間相當大，更能激發其創意，而產生佳句。又如以「石頭」爲描寫對象，造出下列詩句：

(1)它的一生就是一部感人的石頭記
(2)它的一生就是一部石頭受難史
(3)身體緊縮成一團形成一個堅硬的宇宙
(4)讓石頭以默默無言訴說它的心事
(5)…………

接下來以意念爲描寫對象，練習造句，譬如以「環保」爲主題，而想出下列的詩句：

(1)讓山河天天都是春天
(2)山河天天都生日快樂
(3)山河懂得反哺報恩也懂得報仇

(4) 垃圾是我們的心

(5) 把垃圾排成臺灣的形狀

(6) ……

類似這種方式，蕭蕭也有他的一套。譬如他說如果給魚十個形容詞，就可造出十種不同的句子：

1. 一條會洗澡的魚。
2. 吐著白沫的魚。
3. 在水藻間散步的魚。
4. 燒焦的魚。
5. 自動上鉤的魚。
6. 在砧板上掙扎的魚。
7. 好像哲學家正在思考的魚。
8. 永不眨眼的魚。

9. 逆水而游的魚。

10. 空中的鳥就是水裡的魚。

（蕭蕭，〈現代詩創作演練〉，見《現代詩點線面》）

形容詞在此是一種指引，練習者朝此指引來造句，輕而易舉；如果再稍加限定——造出有詩質的句子，雖然困難些，但比較不會造出粗糙的散文句子。上述十句中，第二、四、五、六、九等句，卽是因未加以限定而造成劣句。

如此練習一段時日，繼之宜考慮所造的句子究竟要表達什麼內容？什麼情、思？也就是朝向一個目標、方向來造句。這裡仍以上述有關菊花的那五個詩句來說明。如欲藉菊花來表達愛情，則造(1)、(2)及(5)句較適當；表達革命先烈精神，則造(1)、(4)句較合宜；表達隱居生活，則造(3)句較妥。此外還可以造別的句子表達其他的主題、內容。

一個佳句之形成，也許得來全不費工夫，也許費了不少心血，經歷幾個階段、步驟。譬如以「畸戀」爲描寫題材，最初可能想到「不正常的三角戀愛」之類的句子，此乃道地散文句子，且平淡無奇，接著可能經歷下面的過程：

不正常的春天
出軌的春天
春天在火中出軌（或「出軌的春天引火燃燒」）

為了解說奇妙的構思、造句過程，筆者以自己造句的實際情況為例。人的想像力是很奧妙、複雜的，也許從「不正常的春天」馬上聯想「春天在火中出軌」，也許並沒有「不正常的春天」這一句出現，而是由「出軌的春天」開始運思的。也許，在「春天在火中出軌」之後，又造出「一個男人兩個女人無數條繩子」，或「兩枝花一個等待的花瓶」之類的句子。另一個可能：在「不正常三角戀愛」這一句打轉，想不出其他句子來。

二、換　句

初學者如果無法憑空造一句，則教師不妨教其參考詩人詩作的某句句型，以該句型為準，運用別的語詞來替換原來的語詞，成為句型相同、相似而字面、意義不同的句子，以便練習基本的造句能力。如以洛夫〈誰來晚餐〉一詩中的「三朵玫瑰花正經地在等待」此句為準，這只是隨便找來的詩句，當然也可以找別的句子。此句句法爲「名詞＋副詞＋動詞」，初學者試著以其他名詞來取代「三朵玫瑰花」，以其他副詞來取代「正經地」，以其他動詞來取代「在等待」：

教育部長　愉快地　在寫詩
天空　痛苦地　在運動
一隻麻雀　悠閒地　在游泳
兩張桌子　緩緩地　在工作
一千架飛機　急速地　在睡覺
張小燕　疲憊地　在唱歌
……　……　……

依循此方式，初學者也許會拼湊出完全不通的句子，也許會拼湊出詩意全無的句子，如：

(1)教育部長愉快地在唱歌
(2)張小燕急速地在運動

也許會組成具有詩意的句子：

(1)一千架飛機急速地在唱歌
(2)一千架飛機痛苦地在唱歌
(3)一隻麻雀悠閒地在寫詩
(4)兩張桌子痛苦地在唱歌
(5)…………

這類句子倘若運用得當，安置於一首詩中，會顯出更大的威力來！不過，必須聲明的是，這只是初步的練習，寫詩萬勿完全依賴此法。這方法亦可以做「卡片遊戲」，「教育部長」等名詞爲一組，每一個名詞各寫在一張卡片上，這一組卡片爲粉紅色；「愉快地」等副詞爲一組，每一個副詞各寫在一張卡片上，這一組卡片爲黃色；「在寫詩」等動詞爲一組，每一個動詞各寫在一張卡片上，這一組卡片爲綠色。然後隨便在三組中各抽取一張卡片，依前引洛夫詩句句法排列，也許可得到劣句，也許可得到佳句。

按照這些方法，王志健〈一隻白鳥〉（國中國文課本第五冊第三課）中的某些句子可改得更理想：

> 太陽從山巔升起，
> 展開在無涯際的海面。

第一句的動詞不妨以「躍出」、「醒來」等詞取而代之，第二句的動詞可改爲「奔騰」、「俯視」等。

白靈《一首詩的誕生》一書對寫詩的基本方式及諸多步驟有極精闢的解說，該書附錄「想像力的十項運動」對換句也提出幾個與上述類似的策略，茲舉一例：

由「被蚊子咬了一下」出發，寫成下列各詞，步驟如前。

給／被／讓／把／拿起……
蚊子／夢／愛／美／永恆／憂鬱……
輕輕／狠狠／用力／使勁／溫柔地／血盆大口地／重重地……
咬／撞／咬／刺／抓／捶／糾纏／啃／壓
了
一下／一夜／一輩子／一下午／整個夏天……

舉例：1.被美撞了一下（陳幸蕙）
……

（白靈《一首詩的誕生》）

依照「被蚊子咬了一下」的句法，可造出許多句子，而「被美撞了一下」即佳句之一。

關於換句的訓練，策略不鮮，這裡再提供一個。若教師教導學生換句，先抄一個平庸無奇的句子在黑板，然後讓全班學生集體改句，改妥的句子或許不止一句，最好均保留在黑板上供參考。在改句的過程中，教師勿參與任何意見，莫干涉學生發言，以便讓學生有完全自由的發揮與表現。不過，這種教學有一前提，即老師倘若不會寫新詩，起碼須具備判斷、評論詩之優劣的能力，否則，怎麼斷定學生所改的句子是好是壞，是詩句或是散文句？

無論造句或者換句，其目的都是爲了求得特殊、美妙、感人的詩句。以下將介紹的方法、目的亦如此。也就是說，散文句或劣句並非練習之目標。

三、簡單句改為複雜句

以上兩節所介紹的幾種方法，適用於造簡單句。初學者倘若學會造簡單句，不能因此自滿，宜進一步學造複雜句。造複雜句之階段是寫詩者邁向經營一段甚至一首之橋樑，蓋只學會造簡單句，即使句句驚人，也不可能寫出一首詩。因而這階段不能像初學造簡單句那樣漫無目的，必須爲某主題或內容製造複雜句，否則，這種練習便失去意義。

筆者在此做個示範。假設有一意念：她嘴角有一個迷人的酒窩，擬處理成複雜句，則先改句，改成具有詩意的一個簡單句：

她嘴邊有一罈酒

繼之再上下拓展，左右開弓，在增廣、加深上努力，也許有收穫，假設造出下列數句：

她嘴邊藏著一罈酒
陳年，香醇
一飲卽醉

所謂複雜句絕非簡單句的分行，絕非將簡單句分成數行。複雜句除了行數（句數）多於簡單句外，內容亦須較簡單句繁複些，下面再舉一例說明。假設有一題材：颱風刮倒了田裡的稻子，擬以複雜句表達，那麼試著先改成簡單的詩句：

颱風用刀在田裡收割稻子

接著使之複雜化。除了描寫無情的颱風吹倒了稻子，使稻作無法收成外，還要表達稻農心中的絕望，筆者想到這幾句：

强烈颱風跑到田裡揮刀
收割稻子的頭顱
收割農人的頭顱

蕭蕭在前引十個有關魚的句子後表示：

如果我們再給他配上十個動作，那會有多奇妙的變化啊！如果還有十個不同的環境再加以排列組合，這幾乎是上天入地無所不能了。

（蕭蕭〈現代詩創作演練〉，見《現代詩點線面》）

雖然他並未指明此乃練習複雜句的一個方式，其實這並不失爲一個好方法，給初學者不少啓示和指引。

在將簡單句改爲複雜句的過程中，最好運用一些擴展思考領域的方法來幫助這項練習。史丹福設計科創始人約翰・阿諾，在《想像力的應用》（*Applied Imagination*）一書裡引用奧斯朋博士所提出的激發思考的方法：

□用來做其他用途？

如何舊法新用？如果修正一下，能做其他用途嗎？

□改造？

有和這構想類似的想法嗎？這構想能否使你聯想到其他想法？過去的經驗裡，是否出現平行的想法？我能否把它們模倣過來？我能模倣誰？

□修改？

扭一下如何？改變意義、顏色、動作、聲音、氣味、形式、形狀如何？或其他的改變？

□放大？

增加些什麼？把時間增長？頻率加快？更強？更高？更長？更厚？額外的價值？額外的元素？複製？增多？誇大？

□縮小？

抽取出什麼？更小？更濃？縮影？更低？更短？更輕？省略？流線？撕裂開？保守的說？

□替換？

還有誰可以代替？什麼可以代替？其他成分？其他材料？其他過程？其他能源？其他地點？其他方法？其他語氣？

□重新安排？

可以互相交換的成分呢？其他模式？其他設計？其他順序？倒轉因果關係？改變步調？改變預定計畫？

□掉換？

把肯定與否定對換？對立的事物互換如何？倒轉呢？上下顛倒？角色互換？換雙鞋子？換張桌子？轉另一邊的臉頰？

□組合？

攪和、混合、分類、整合如何？把小單位組合起來呢？把目標組合起來？把用途組合起來？把想法組合起來？

（見亞當斯著，簡素琤譯，《創意人的思考》）

這些創意思考的方法派上用場，對造句、換句甚至簡單句改為複雜句都大有助益。科伯格與貝格諾在《宇宙的遊客》一書中，提出一份他們稱為「處理的動詞」，其增強構想能力的方法遠較上述奧斯朋的還多：

增加／分割／排除／縮減／顛倒／分開／互換／結合／扭曲／迴轉／壓平／擠壓／補充／使下沉／凍結／軟化／使膨脹／迴避／加上去／抽減／減輕／重覆／加厚／延展／推出／逐出／保護／隔離／整合／象徵／抽象／解剖……

（見亞當斯著，簡素琤譯，《創意人的思考》）

前引白靈書中〈意象的虛實㈡〉一章論及「常語與奇語」時，曾舉實例解說簡單句如何擴充爲複雜句或一首小詩，他使用「組合、刪改、引伸」方法，就是增強構想力的方法，其實方法尚有不少，他僅使用其中三種而已。

四、同一題目多種描述

此法乃是針對同一個題目，從正、反、深、淺、左、右、前、後等角度，或其他角度去思考、描寫。更具體而言，比方說，就一個題目分多次加以描述時，這次描述是從正面觀察事情，下次則從反面觀察事情；剛才用直敍式寫法，現在不妨使用別的方式；上次寫的那幾句很深入，這次寫淺一些。或者，改變主題，蓋一首詩可容納兩個主題。或者，更換題材來寫。下面卽是筆者在「一九九〇年股市」題目下的所做的多種描述：

〈一九九〇年股市〉

㈠一九九〇年
　他們跌進一個山谷
　就沒有回來了

㈡他們把股票拋出去
　把車子拋出去
　把房子拋出去
　把唯一的明天拋出去

㈢那是全民運動，舉國比賽
　整個臺灣擠滿了數字和鈔票
一九九〇年

許多人不慎運動傷害
找不到傷口

㈣人人熱愛那種運動
工人參與，老師參與
官員也參與
每個人都確信：
我的未來不是夢

㈤一九九〇年
整個地球都掉進那個深谷
星星月亮太陽也都掉進去了

㈥……

進行多種描述，必須善加利用諸多增強思考能力的方法，而將多種描述組織成一首結構完整的詩，亦有賴這些方法。茲將定稿錄於左，初學者或可從成詩的整個流程了解寫詩的細節，進而就多種描述（草稿）與定稿作一番比較，並思索之，必能有所啓示：

〈全民運動〉

一九九〇年
他們爭先恐後把股票拋出去
把車子房子拋出去
把自己拋出去
把一九九一年也用力拋出去
那是全國性比賽
臺灣運動場擠滿股票和鈔票

人人熱愛那種運動
工人參與老師參與校長參與
警察官員民意代表參與
啊，連我全家都參與
因為獎品是一個巨大無邊的
夢

一九九〇年，把一切拋出去
所有選手奔向終點
奔向一個深不見底的山谷
他們爭先恐後
歡呼，並且，跳下去

一九九〇年
地球也跳進那個谷底

（刊八十年二月十五日《人間副刊》）

多種描述與定稿，兩種面貌差異不小，例如題目變更，定稿第二段「啊，連我全家都參與／因爲獎品是一個巨大無邊的／夢」乃是草稿所無，定稿刪除了「許多人不愼運動傷害／找不到傷口」等。筆者在寫草稿時，甚至定稿時，均運用激發思考能力的許多方法，初學者請細究之。

《一首詩的誕生》一書提及「內省六何法」，與筆者此法有異曲同工之妙。作者白靈表示：

> 對於稍長的詩，如十五至三十行的，則宜將內容的內省擴大，將想像與經驗，知識等揉捏整理，直到它們有較清楚的輪廓出現。此時不妨應用所謂「六何法」，將描寫的體材發生在何時（when）、何地（where）、何事（what）、何因（why）、何人（who）、如何（how）等一一列出，把可能的一切放在腦中不斷反覆思索、集中，或分門別類，涉及的根鬚越廣越深，則可資運用的材料便容易掌握、左右逢源。

斯亦可稱爲「一個題目多種描述」。無論是筆者或白靈的方法，皆可在教室黑板進行、處理。讓學生先作多種描述，針對一個題目，大家集體創作，並一一抄在黑板，最後再透過腦力激盪，將黑板上的多種描述組合成一首詩。這是一種團體遊戲，一種生動有趣而有意義的教學活動，一種寓教於樂的活動。不會寫詩的學生必將因此而茅塞頓開，已會寫詩的學生亦能獲得啓迪。

本文僅介紹數種寫詩的方法，以供教師參考。寫詩絕對需要方法，沒有方法如何寫詩？然而，一旦方法嫻熟之後，不必時時刻刻牢記方法，且須避免被方法牽著鼻子走，宜得魚忘筌也。有人認爲寫作何須方法？此乃大錯特錯的想法。須知文章有大法，但無定法，學習者要掌握活法。進而言之，要能入能出，「入」則悟方法之精神，「出」則脫離方法，有所創新。

自古以來，各行各業的方法、訣竅，向來是祕密，所謂「鴛鴦繡了從教看，莫把金針度與人」。這篇文章則試著介紹幾種方法，欲把金針度與人也。

——八十二年六月六日「中國現代文學教學國際研討會」宣讀論文

——八十三年三月《國文天地》九卷十期

有糖衣的毒藥

——評席慕蓉的詩

我以十分莊重的態度，萬分沈痛的心情撰寫這篇文章。

七十年夏天，大地出版社推出席慕蓉的詩集《七里香》，一年之內洛陽紙貴，風行全省，銷售量高達一萬四千册。迄七十二年十月爲止，已發行十五版（每版兩千本）之多。新詩集如此暢銷，可謂空前未有，打破余光中、鄭愁予的記錄。她的第二本詩集《無怨的青春》於七十二年二月問世，半年內亦銷售七版之多。職是之故，席慕蓉遂成爲七十一、七十二年最受歡迎、知名度最高的詩人。她不但造成校園的騷動，也使一向對新詩冷漠的讀者，開始接納、喜歡新詩。

這位女詩人生於民國三十二年，今年四十二歲，蒙古察哈爾盟明安旗人，先後畢業於師大藝術系及比利時布魯塞爾皇家藝術學院，從事繪畫與寫作多年。除上述二本詩集，另外著有《畫詩》、《心靈的探索》、《三弦》（與張曉風、愛亞合著）、《畫出心中的彩虹》、《成長的痕跡》、《有一首歌》等新詩、散文集。她的家世良好，事業、學業均一帆風順，既不坎坷也不淒涼。比起某些寂寞、困頓的詩人，席慕蓉著實非常幸運、幸福。

席慕蓉的詩之所以異常轟動，廣受大眾，特別是青少年喜愛，細究之，至少有下列幾個因素：㈠席慕蓉情詩產量繁多，而情詩是新詩裡最易了解、最易有感受者。㈡傳播工具的大力推介、吹噓，尤其大報競相刊載她的作品。㈢語言平淺，內容並不艱深難懂。㈣詩句流暢，十分順口。㈤有一段曲折的愛的故事，頗能引起青少年的同情與共鳴。㈥詩有古典秀麗、纖細清晰的針筆畫配圖。

基於上述因素，席慕蓉贏得如雷的掌聲，聲名大噪，如日中天。然而，她的詩果眞優秀？値得一讀嗎？這倒是一個問題。筆者曾在〈帶領更多的讀者前進〉一文中指出：

「能保持素質，能感動大衆，而又廣受大衆歡迎，這種藝術才是真正可愛的，有生命的。」（見七十二年十月二十五日《春秋副刊》）

席慕蓉的詩廣受大眾歡迎兼能感動大眾，這是事實，但其詩未能保持素質，亦即素質不高。

固然眞正的藝術並非曲高和寡，但也絕非曲低和眾，因此她的詩作就如同流行歌曲〈就在今夜〉、〈多天裡的一把火〉，盛行一時，卻不能登大雅之堂。與席詩的素質低劣併發的疵病不鮮，對讀者有不良影響，容後詳言。而最嚴重的毛病便是她完全忽視文學的功用，文學必須具有社會及時代使命，詩聖杜甫之所以偉大即在於其時時關心民生疾苦，憂國憂民，具有極高極大的理念，其詩作夠得上稱爲眞正的藝術，席詩則不然。耿濟之先生曾在譯完托爾斯泰的《藝術論》後，語重心長地痛斥假藝術：

> 難道鑼鼓喧天，塗抹花臉，發出驢鳴狗叫似的聲音便能算藝術麼？難道字句推敲，限就韻脚，做成感時傷春的詩，便能算藝術麼？藝術是與人生極有關係的。這些東西在我們生活上發生出什麼影響，恐怕不但沒有影響，並且還生出惡影響來。因為這些東西能使享受他的人心地變成惡劣、淫巧——或者不致於如此，卻至多也不過博得享受者之一樂，絕不能因之生出什麼情感來。藝術而沒有情感寓在裡頭，那便不是藝術，只是「藝術的贋造品」罷了。（《藝術論》譯者序言）

席詩乃耿氏所謂的「藝術的贋造品」，故席詩對大眾有普遍的惡影響，尤其嚴重影響青少年身心發育。所以本文擬針對庸俗造作、萎靡不振、無濟人生的席詩加以批判。筆者義正嚴詞地撰寫此文，希望能教沈醉於席詩者，大夢初醒；使席慕蓉本人，痛改前非。筆者絲毫未有「順我者昌，逆我者亡」的霸道，請讀者明鑑，同時亦盼有識者莫等閒視之，說「吹皺一池春水，干卿底事？」由於席氏多產，本文僅取《七里香》、《無怨的青春》二書為討論對象。

一、席詩的優點

平心而論，席詩並非一無是處，乏善可陳，她的確有幾個優點，也寫了數首難能可貴的上乘之作，如〈樓蘭新娘〉、〈試驗之一〉、〈植物園〉、〈散戲〉、〈蚌與珠〉等。至於其詩優點雖然不多，下列倒是可喜可愛、可圈可點者。1.意象單一，文句簡潔。如〈此刻之後〉、〈一個畫荷的下午〉等，鋪排簡單易懂的意象，且無嚴重的拐彎抹角以表達詩意的現象。2.善於押韻以製造節奏。關於這點，蕭蕭先生在〈青春無怨，新詩無怨〉文（刊七十二年七月一日《中央日報》晨鐘副刊）中已舉〈盼望〉為例詳細分析，說明席詩節奏感的產生因素。席詩不但句尾押韻，句中韻亦頻頻出現，不僅此也，其押韻並非一成不變地一韻到底，而是常換韻，使節奏不至機械、呆板，如〈渡口〉、〈給我的水筆仔〉、〈我的信仰〉、〈際遇〉、〈禪意之一〉、〈禪意之二〉等例子，不勝枚舉，讀其詩朗朗上口，兼可感受聽覺上的律動。3.語言淺白平易，不咬文嚼字，適合大衆口胃。如前所述，由於她的詩便於讀者了解，故廣受歡迎。

二、席詩的缺點

包括蕭蕭在內的某些詩評家皆認爲席詩「締造了詩集銷售的最高紀錄」，因此「她的出現與成功，都不應該是偶然。」筆者頗不以爲然，一個作家的「成功」或失敗如完全由掌聲的多寡來決定，而非決定於作品的好壞優劣，實在可悲、可笑。當然，作品好掌聲又多，這樣的藝術成就最好不過，這才是眞正的成功。席詩掌聲多便是「成功」的證明嗎？答案是否定的。

就詩論詩，席詩害多於益，弊多而利少。失敗之處屢見不鮮，譬如主題貧乏、矯情造作、思想膚淺、淺露鬆散、無社會性、氣格卑弱，而且數十年如一日毫無進步，以下一一舉例闡釋她的這些疵病。

1.主題貧乏

席慕蓉經驗面狹窄，她採擷的題材非常有限，且寫來寫去總是三兩個主題而已。這幾個主題皆屬於個人性的，像夢、愁、青春、愛等，這點頗似胡品清，她們兩位皆是女性，年齡均超過四十歲，志同道合，老是表達情緒性的東西。天地這麼寬廣，眞的沒有別的主題值得發揮？除了七里「香」和有怨的「青春」外，難道士農工商的辛酸、政治與人性的黑暗、世界局勢等都不值得勾勒？席慕蓉前後完成兩百多首詩，題材竟然相當簡單，主題亦少得可憐，令人產生「套板反應」，甚至覺得內容空洞，言之無物。更何況這些主題皆老生常談，人云亦云，席慕蓉玩不出新花樣，未克匠心獨運，「臭腐復化爲神奇」（莊子語）。經筆者統計，歸納結果，席詩約有四種主題：

㈠鄉愁：席慕蓉早年流離播越，故油然有家國之痛，這分「隱痛」，她花費很多筆墨來描繪。例如《異域》和《七里香》集中的「隱痛」這輯爲數八首的詩。

㈡愛情：情詩在世界各國文學史上均佔有舉足輕重的份量，因爲「身在情長在」、「此情無計可消除，才下眉頭，卻上心頭」，各國文人廼競相歌詠愛情。愛情不但爲中國詩的永恒母題之一，而且歌詠愛情之詩作特別豐繁，成就亦高，誠如吳其敏所言「中國情詩，積彙數千年，範圍浩濶，燦爛無比。」（《中國歷代情詩選析》前言）情詩既爲中國文學的主要傳統，現代詩人亦多工於情詩者，席慕蓉當然不例外，席慕蓉似乎早年有過失敗的戀、破碎的愛，是以情詩在其作品中所佔的比率最高。不可否認的，她善於寫男女分合、愛情得失，此乃她的看家本領，不知迷死多少青少年。寫情詩誠非壞事，然而如果從十來歲到四十多歲，一直在大量製造情詩，畢竟不是好事，何況席慕蓉的情詩泰半不深入又俗不可耐。蕭蕭說：「現代詩在徐志摩之後，『抒情』反而成爲詩人的禁忌，特別是三十八年以後的臺灣詩界。」（見〈青春無怨，新詩無怨〉）此言差矣！不知從何說起？君不見現代詩壇，情詩產量豐富者大有人在，順手拈來，楊牧、洛夫、敻虹、蓉子、馮青、苦苓、沙穗、渡也等均是，敢於犯諱犯忌而寫情詩者並非如蕭蕭所言僅有席慕蓉一人！蕭蕭以爲席慕蓉敢於寫作情詩，值得褒揚，眞是笑話。其實問題不是敢不敢寫，而是寫得好不好。大抵而言，上述詩人中哪一位把愛情寫得像席詩那麼肉麻、造作、膚淺？這才是值得席慕蓉和她的擁護者三思的問題。

㈢傷逝：時光如水流逝，不舍晝夜，而生命逐漸衰老，詩人撫今思昔，想及青春已去，華年不再，感慨之情油然生矣，紛紛寫下傷逝的詩篇。傷逝因此也成爲文學中的重要母題。傷逝的主題最常出現於女詩人筆下，畢竟時時擔心人老珠黃的女性對時間的流逝最敏感不過了。四十餘歲的席慕蓉不甘示弱地寫了一大堆傷逝之作，諸如〈短詩〉、〈繡花女〉、〈年輕的心〉、〈給青春〉等這類詩篇比比皆是，玆不贅舉。這類作品生產幾首，本無可厚非，可是多產，則易令讀者心煩，覺得席慕蓉一味地活在過去，沈迷在回憶中，而不知擡頭看四周，甚至向前瞻望。

㈣人生哲理：席慕蓉在風花雪月之餘，也寫下十幾首探討人生的作品，實在難得，如〈習題〉、〈藝術家〉、〈疑問〉、〈際遇〉、〈蚌與珠〉、〈戲子〉、〈如歌的行板〉等，可惜十九具有消極的、宿命的色彩，缺乏積極意義以及引人向上的力量。如多從各種角度挖掘人生並多寫這類作品，相信席詩可讀性必會增高且有價值。

與席慕蓉同爲女性，年齡相近，一樣是師大藝術系畢業的敻虹也是情詩高手，所不同者，敻虹近期的詩作視界寬大，經驗面廣濶，有新題材、新主題，此乃席詩所不能望其項背者，故步自封，炒冷飯的席慕蓉實有反省的必要。

2. 矯情造作

席慕蓉之所以令筆者感到不耐，原因之一卽其矯揉造作、逞態弄姿，騙盡天下蒼生。矯情造作可說是她的一技之長，正是她起家的本錢。前面提及她的身世，事事如意、生活安定美滿，應該沒有悲傷的權力。倘有憾事，也只是年輕時代的破碎的戀愛，這也不知是眞是假？看她先後以數十首詩來傾訴那段往事的辛酸，嗚嗚咽咽、哭哭啼啼的，不知博得多少青少年的同情。四十多歲的人了，卻一而再，再而三地感嘆失戀，且擺出十幾歲少女的姿態。這位四十多歲的冒牌少女，還需要十幾歲的正字標記的少女可憐她、關心她，她竟還說出下列這番話：「正如同人類的成長一樣，一個階段有一個階段的面貌，過了這個階段，再要往回走就是強求了。」（《無怨的青春》代序）四十多歲的婦人猶頻頻寫少女的感傷、哀愁，這不是往回走？不是強求？曾昭旭先生〈光影寂滅處的永恒〉一文則企圖爲此辯白：

> 席慕蓉詩中所謂青春所謂愛，是不可以真當作青春與愛來解的，她所說的十六歲並不是現實的十六歲，她所說的別離並不是別離，錯過並不是錯過，太遲並不是太遲，則當然悲傷也不是真的悲傷了。有誰讀她的詩，若以為是在追懷十六歲的已逝青春，在嗟嘆那已錯過的愛，在顛倒迷亂於心目中那可望不可卽的舊夢，那就錯了。

這種說法，筆者不敢苟同。筆者才疏學淺，悟力低拙，怎麼也看不出席詩別有天地。曾先生又云：

> 原來文學藝術，本來不是事實的敘述而是意境的營造，……而人不知，逕將意境的營造看作是實事的摹寫，遂不免於錯看誤解了。

這段話更是匪夷所思。「意境的營造」充其量只是文學宗旨、技巧之一而已，並非文學的全部。舉例而言，「意境的營造」用來說明王維的〈辛夷塢〉、〈鹿柴〉、〈鳥鳴澗〉則可，但並非王氏所有的詩皆屬「意境的營造」。詩如果僅是、全是「意境的營造」，那麼這種藝術、這種詩實在令人擔憂。杜甫的詩，例如三吏三別，即是由於其中有「事實的敍述」，才令人感動，流傳千古。假若三吏三別僅是「意境的營造」，不要說千載以下的今日，便是古代的讀者會引起共鳴嗎？席詩假若僅是「意境的營造」，則虛無縹緲，一點價值都沒有。看作是事實的陳述倒還好一點，雖然令人不舒服。卽使對難圓的舊戀作「實事的摹寫」，頂多創作一、二十首也就夠了，何必花費過量的筆墨？

另外，爲賦新詞強說愁、無病呻吟也算是虛僞、矯情。明明活得好好的，偏偏「一把辛酸淚，滿紙荒唐言。」殊不知詩貴在自然、眞誠！像這種帶假面具的詩人，看起來像白鴿，事實上是老鷹，專捉青少年。乍看起來以爲是天使，細看之下原來是魔鬼，害人不淺。她似乎把矯情造作、博人同情，當作義不容辭之事。

3. 思想膚淺

席慕蓉著實寫了十多首有人生哲思的詩，能反映人生，好不容易。美中不足者，這些詩中的思想並不高超優秀、深厚博大，泰半低俗膚淺，既不獨特亦不奇異，如〈戲子〉、〈際遇〉、〈習題〉等。不但這樣，思想多屬悲觀的、灰色的、不健康的，如〈試驗之二〉、〈蚌與珠〉等，不能循正確的方向教育讀者、引導大眾。更進一步而言，其表達方式多用直接的，而非間接的，如〈藝術家〉、〈美麗的心情〉、〈邂逅〉等，過分直接呈露哲思，說教意味太濃，以致詩味全失。

張曉風女士在〈江河〉一文中頌揚席詩的人生哲理：「她的詩又每多自宋詩以來對人生的洞徹」，張女士臚舉三首詩的片段為例。筆者眞的研究不出這三個例子有什麼深刻而獨特的人生哲理？例如她所舉的「離別後／鄉愁是一棵沒有年輪的樹／永不老去」這種婦孺皆知的事，何「對人生的洞徹」之有？張女士宜多對人生深思，多閱讀哲學書，多看非馬、周夢蝶、白萩等人的詩。

4. 淺露鬆散

席詩總計兩百多首，佳構不多，而眼低手低之作不尠。她的專長是寫風花雪月，筆者耐心地讀完這一類詩，發現多半的詩含有淺露鬆散之病。在現代詩尚未普及化，詩讀者素質不高的今日，她的這些劣作極易被一般大眾接納乃理所當然，這種壞現象的確令有識之士憂心。詩倘若過濃、過密、過繁，則使讀者如入五里霧中。反之，過淡、過鬆、過簡，彷彿散文，甚至比散文還差。詩假使淺露、鬆散、庸俗，以致韻味全失，不耐咀嚼，則根本不能稱其爲詩！席慕蓉詩集裡，這種詩司空見慣，如〈出塞曲〉、〈請別哭泣〉、〈雨中的了悟〉、〈爲什麼〉、〈十字路口〉、〈禪意之一〉、〈山路〉、〈飲酒歌〉、〈祈禱詞〉、〈讓步〉等等，玆不遍舉，這些詩乍視之極其迷人，容易了解，可是細讀細思之餘，水準格調低劣不堪。以其具有迎合一般青少年胃口的低級趣味，是以格外受歡迎，眞是令有心之士痛心。席慕蓉一定不會痛心吧，說不定還暗自慶幸成功。

5. 無社會性

席慕蓉打從寫詩以來，以風花雪月爲能事，以孤芳自賞爲得意，時而自娛自樂，又時而自悲自嘆，她寫詩的目的誠如〈詩的價値〉一詩所言「只為把痛苦延展成／薄如蟬翼的金飾」及「把憂傷的來源轉化成／光澤細柔的詞句」。她把自己關在象牙塔裡吐露「痛苦」、「憂傷」，陳述的只限於個人生活的狹小圈子，管他什麼「先天下之憂而憂」。她的作品非寫實的、鄉土的，也不關心社會國家、民生疾苦，她不願寫有血、有肉，與外界、大眾共呼吸的詩。如果她眞的無視於農工的辛酸、鄉村的沒落、都市的腐壞、社會的問題以及國際的紛爭等，好，她是蒙古人，總該關注淪陷的蒙古吧，她竟然對蒙古視而不見、知而不說、充耳不聞，她只關心她自己，她只關心自己的愛情、夢幻、青春、蒼老。詩集《七里香》封底如此介紹她：「席慕蓉是一棵來自天上的樹」，不錯，她的確來自「天上」，所以她老是描寫「天上」，她原不屬於「地上」。蕭蕭說她「不知有漢，無論魏晉，是詩國裡一處獨立自存的桃花源」，這本是誇獎她的好話，正可反過來用來諷刺她。不錯，她不知有漢，不知身處什麼時代，不知生長在哪一塊土地上，更不知桃花源外有多少百姓，發生什麼事情！

6. 氣格卑弱

顯而易見，席詩以婉約爲宗，嚴重染上晚唐那種釵粉氣濃、靡靡之音的浮華惡習。席慕蓉宛似溫室裡的花朵、可憐的人兒，寧可傷心，甘願悲感，喜歡破碎，一副多愁善感，經不起風霜的弱者樣。你看她是那麼孤獨無依，那麼嬌小柔弱，簡直一碰卽碎，一彈便破，千萬別去摸她，她是麵粉揑的！不但這樣，你看她無精打采，毫無生氣。

她的詩氣象萎靡、氣格卑弱，因爲她日夜所思所想的多是主觀的、個人的、難過的芝蔴小事；因爲在她的字典裡找不到健康、積極性的字眼；因爲她的字典裡充斥清一色的灰色、消極的情緒：悲哀、悵惘、憂傷、痛楚、悲愁、痛苦、寂寞、悔恨、孤獨、徬徨、含淚、流淚、心碎等，這一類愁雲慘霧的意象，無處不在。眞是字字辛酸、語語淒楚，含冤莫白。這兩本詩集充滿冲天的「怨氣」，「怨」魂不散，誰說席慕蓉「無怨」來著？

我們崇高正義、道德的文學到底在哪裡？竟然讓這種沒有骨、沒有血、沒有肉、沒有精神、沒有道德的頹廢文學橫行天下！

我爲大眾悲，因爲大眾居然喜愛席詩，品質居然如此低，文學鑑賞力這麼差。

王灼在《碧溪漫志》中痛罵李清照：「易安居士作長短句，曲盡人意，輕巧尖新，姿態百出，閭巷荒淫之語，肆意落筆，自古縉紳之家，能文婦女，未見如此無顧藉者。」這番話雖貶損過實，卻足供席慕蓉引以爲戒！席慕蓉旣爲蒙古人，應該驃悍勇猛、豪邁大方，其詩應有北人的陽剛之美才是，其詩宜有黃鐘大呂之聲，而非靡靡之音。沒想到她卻反其道而行。蒙古兒女，豈是如此？

7. 數十年如一日

從十三歲開始便在日記上寫詩，一直到四十二歲，三十年間，席慕蓉毫不懈怠，一成不變地搬弄其慣用伎倆、不二法門，即貧乏的主題、固定的題材、膚淺的思想、矯情造作、淺露鬆散、無社會性、氣格卑弱，而且數十年如一日，成績未見進步。這樣的墨守成規，是要有相當的毅力和恒心的，實在令人佩服。表面上看來精神可嘉，實則黔驢技窮。十幾歲、二十來歲時，擺出少女姿勢，名正言順；活到四十多歲還依然故我地裝成少女，一個「成年」詩人，寫了大半輩子，仍跳不出風花雪月的窠臼，未免不長進。沙穗在寫了一大堆情詩之後，繼續寫父親、枋寮、家國，繼續發掘新題材，開拓新境界，因爲他很清醒，知道詩人的使命和責任。而席慕蓉呢？寫詩亦如逆水行舟，不進則退。從以上的條分縷析，不難看出席慕蓉是不清醒、退步、落伍的詩人。余光中先生〈穿過一叢珊瑚礁〉一文（載《藍星詩刊》第十七期）所言甚是：

> 其實優秀而清明的詩人常會轉型：人入中年，憂患相迫，感慨漸深，寫詩自然而然會漸趨客觀。人到中年，要不多閱世也不可能，閱世既多，那「世」就會出現在詩裡；

至於怎麼出現，則視詩人藝術之高下了。有些中年詩人不讓那「世」出現在自己的新作裡，往往給人不真、不變之感。王國維的「世」說得窄些，便是「現實」，說得寬些，便是「人生」。

數十年來，席慕蓉始終不讓「世」出現在詩作中，因而予人不眞、不變之感。醒來吧！席慕蓉。世上有許多康莊大道可走，不要老鎖在深閨裡，不要回頭，不要執迷不悟！

三、結語

文學是什麼？作家的責任爲何？這是席慕蓉最該捫心自問的問題。文學作品必須有思想、有血有肉，有社會使命和時代使命；必須具有積極性和提升人類、引導人生的功能，席慕蓉知否？

平心而論，席詩不是完全沒有功績。由於席詩普及化，深入民間社會各階層，使大眾了解新詩絕非高不可攀、深不可測的妖魔鬼怪。在新詩的推廣、促銷上，席詩著實功不可沒。也就是由於席詩銷售量驚人，所以諸多弊病隨之廣泛流行。就像瓊瑤的小說一般，所產生的不良影響乃全省性的。席詩吃起來甘甜可口，但食之不死卽傷，因爲席詩事實是「毒藥」，有糖衣的毒藥。全省讀者吃了這有糖衣的毒藥，精神受到污染，開始迷惘、傷心，開始怨天尤人；身體也逐漸虛弱，氣息奄奄。不但如此，同時開始誤以爲新詩卽如席詩。這眞是席慕蓉的罪過！

筆者在此沈痛地呼籲，希望席慕蓉改過向善，套用她〈自白〉詩裡的句子「別再寫這些奇怪的詩篇了」，走出陰暗的象牙塔，走出狹窄的閨房，外面的世界何等遼濶！何等燦爛！大塊假我以文章，外界的題材取之無盡，用之不竭。一個作家要表現的主題、內容還有很多，勇敢地拿起健康的筆，爲人生而藝術，向前走，拿出擲地有聲的作品向歷史交代吧！

席詩造成轟動以來，有不少人錦上添花，紛紛寫評介文章高聲讚美席詩，幾乎沒有一篇評文坦誠說出她的缺失、毛病。本文大膽且不客氣地指出她的種種壞處，這是一帖苦口的良藥。我從事寫作也有十幾年了，總是本著良心創作，尤其撰述評論文章時，總是公正客觀而言，並認爲「千人諾諾，不如一士諤諤」，但願席慕蓉以及所有喜愛席詩的讀者能夠了解。

——七十三年四月八、九日《時報副刊》

席慕蓉與我

撰寫〈有糖衣的毒藥——評席慕蓉的詩〉一文迄今將近一年，拙文自從披露於七十三年四月八、九日《臺灣時報》副刊以來，與此相關的事便不斷地發生，可恨、可笑、可愛的事皆有。令我感觸良多、感慨萬千。久而久之，我倒不再爲席慕蓉卑弱頹廢的詩風引以爲憂，卻爲我們文壇早已存在，如今愈演愈烈的鄉愿、盲目、意氣用事、卑鄙的種種怪現象、惡習而心痛不已。

拙文發表後，旋卽有正反兩派文友在《時報副刊》大打筆仗。我並未再度披甲上陣，一來因爲我想說的，拙文已表露得十分詳細、清楚，何必多費口舌。二來，由於正反雙方所論的均未深入（其中不乏我的好友拔刀相助），既然不能進一步深論，我只好袖手旁觀，雖然先開炮的是我。

此後，有十幾位詩人來函，其中支持我的喝采遠超過反對的聲音。非馬、廖莫白等詩人亦在其他刊物撰文聲援我。這些朋友關懷詩壇，爲詩效力的熱忱實在感人，我永遠難忘。

然而，去年四月以後，我每到一處演講或開文藝座談會，往往有大量聽衆向我抗議，理由是他們非常喜愛《七里香》、《無怨的青春》。有些人開始揣測我批評席詩的動機：若非企圖藉打擊席女士來出風頭，便是與席女士有深仇大恨，或者另有其他叵測的居心。

事實上，我的動機只有一個，且一直到現在仍然不變；站在道德、客觀、公正、善意的立場，爲日漸萎靡的詩壇盡一份心力。如是而已。

一位臺北某詩評家說我批判席詩，太不值得。至於爲何不值得？他並未言明。我想，只要能爲詩壇清理出一塊淨土，就是值得。用一句話來否定別人寫批評文章的苦心，就是值得？

誠如拙文所詳述，席詩固然有缺點，可是也有不少優點。爲何讀者僅感性地計較我的批斥，而忽略我的讚美？讀者只認爲我破壞了大衆心目中的偶像，卻不會理性地思考拙文所提出的問題。爲何詩評家只會對我說不值得？走筆至此，我感到眼前一片黑暗。

連我認眞寫詩，用心寫詩評時所面對的中國詩壇也是一片黑暗？

我們社會流行一個壞毛病，卽是某甲批評某乙的作品，卽表示某甲與某乙感情上必有嫌隙。這種「烏龍」式的推理，常令我痛心疾首。

這就如同拙文也反駁曾昭旭老師的論點，有人遂罵我是中文系叛徒。誰是叛徒？曾老師必不曾這麼想，我也從未如此想過。誰是叛徒！

我從未見過席女士，根據瘂弦先生對我說，她處事不錯，做人亦好，這點我相信。詩有缺點絕不等於人有缺點。拙文見報後，她也未表示任何意見。雖然我無法知道她是否反對我的看法？但我知道她頗有氣度。

從她新近發表的某些詩作來看，已有所突破，已另闢一條嶄新、寬廣的坦途。十分可喜，此次年度詩選決審時，她的〈歷史博物館〉一詩晉入決審，這的確是一首好詩。身爲評審委員的我舉雙手贊成此詩入選。

壞詩，我固然要批評；好詩，我當然高舉雙手贊成。

——七十四年一月二十三日《時報副刊》

附錄：糖衣的毒藥

非馬

一九八一年夏天，原籍蒙古，現年四十二歲的席慕蓉在臺北出版了她的第一本詩集《七里香》，不到一個月的工夫便再版，其後平均每兩個月再版一次，創下了現代詩在臺灣銷售的紀錄。在這空前的成功之後，兩年當中，她又陸續推出了三本散文集與另一本詩集《無怨的青春》，都是轟動一時，頻頻再版，成爲暢銷的熱門貨。

忝爲現代詩作者之一，我一向關心臺灣詩壇的動向，看到冷漠的現代詩讀者突然在一夕之間變得這般熱情澎湃，如痴如狂，不免感到興奮。畢竟，詩仍未死，只是冬眠。直到有機會讀到席慕蓉的詩，我才明白我又白興奮了一場。讀者在現代詩裡找到的，只是另一個瓊瑤而已！

更令我失望的是，在我所接觸到的報章雜誌上，幾乎是清一色的嘖嘖讚美之聲。但終究也有與眾不同的聲音。今年四月八、九兩日《臺灣時報》副刊登出了一篇叫做〈有糖衣的毒藥〉的文章，對席慕蓉的詩提出了嚴厲的批判。作者陳啓佑，是一位年輕的詩人（筆名渡也）兼詩評家。

作者首先探討了席詩造成轟動的因素。他認爲席慕蓉的用語淺白，詩句流暢順口，寫出來的情詩深合青少年的口胃，又有傳播工具在旁邊推波助浪，遂把她推上了天。

但作者對某些詩評家以掌聲論作品的作法大不以爲然。根據他的分析，他認爲席詩失敗之處遠遠超過成功。他列舉了席詩的許多毛病，包括主題貧乏，總是在鄉愁、愛情、傷逝之間兜圈子；矯情造作，爲賦新詞強說愁，明明活得好好的，卻「一把辛酸淚，滿紙荒唐言」；思想膚淺，悲觀灰色，所思所想多是主觀的、個人的芝蔴小事，詩中充滿了愁雲慘霧的意象；淺露鬆散，氣格卑弱，而且數十年如一日，毫無長進等等。

最後他希望席慕蓉能改過向善，走出陰暗的象牙塔及狹窄的閨房，勇敢地拿起健康的筆，爲人生而藝術，別再製造〈有糖衣的毒藥〉，迷惑痲醉純潔的青少年。

讀完這篇文章，雖然感到了片刻的痛快，我的心境卻久久無法平靜開朗。

我想到在臺灣許多寫詩的朋友，他們長年默默苦幹，堅忍而勇敢地正視現實與人生，卻得不到應得的重視與鼓勵。他們是用什麼樣的心情來面對這股從天上括來的席慕蓉旋風呢？我又想到那些評論家、出版家以及傳播界的人士，他們不好好利用他們的地位與影響力，去爲改善社會與人群的工作出力，卻甘心淪爲惡性循環中的一環——培養一批蒼白夢幻的作家，把他們的書吹捧上暢銷架，誘導易感的年輕人去讀去做夢去無病呻吟，因之培養出更多蒼白夢幻的作家……

但或許正如一位評論家在另一篇評論席慕蓉的散文集《有一首歌》的文章（《新書月刊》第八期）裡所說的：

> ……天外的事看也看不清，顧也顧不了……各人自求多福。……和新一代讀者大衆的心態是符合的……《有一首歌》恰恰反映了衆人內心這種微妙的秩序……。

而席慕蓉本人也在一篇訪問記（同上引）裡說：

> 如果不是我，也會是別人！這是機緣！

那麼該糾正的似乎不止席慕蓉一人，而是大眾那種不健康的心態。

一九八四年七月二十六日於芝加哥

——七十三年八月十日《海洋副刊》

新詩在廣告上的應用

八十年代臺灣在諸多方面產生極大的轉變。工商業高度繁榮、快捷的傳播方式、資訊科技突飛猛進、政治多元化等現象，在在顯示後工業社會、後現代狀況已來臨。消費大衆擡頭也是這時代的特徵，工商界迺競相透過傳播工具，各出奇招來介紹產品，以刺激消費者的購買慾。

爲了順應這種趨勢與需求，大衆傳播媒體如報紙、雜誌、海報上的廣告於是不斷地求變求新求好，令人刮目相看。尤其近一年來，廣告品質較幾年前大有進展，不但配圖簡單大方、綺麗動人，文案內容亦典雅、扼要，版面設計多清新美觀，可謂圖文並茂也。文案之目的，乃是將商品的訊息或企業者的理念向消費者訴求，大部分以散文表達，將商品形容得盡善盡美，偶亦出之以詩。廣告文案寫作雖與一般文學寫作有些差別，其實應可視爲「文學寫作」之一。這種廣告中的文學逐漸受到重視，從文案內容水準大幅提高，精益求精，得以證明；而文人、學院亦均關注之。去年六月十一日《聯合副刊》，瘂弦發表了〈詩人在工商社會中的新角色〉一文，即建議詩應走向街頭，進入廣告，瘂弦並邀請三十位詩人、散文家、小說家撰寫「詩廣告」。今年三月中旬，淡江大學「七十五學年度淡大文學周」則出現「廣告中的文學」專題。

廣告的企劃與設計，極重視「創意」，而以新詩作為文案的確是一種「創意」，需要相當的勇氣。商人、廣告人動詩人的腦筋，在近一年來的廣告中屢見，十分可喜，詩人瘂弦、白靈的提倡「詩廣告」對此不無刺激作用吧。

傳播媒體頗多，譬如報紙、雜誌、電視、廣播、電影、直函、海報等，本文只談報紙、雜誌部分。而文案有以散文小品為之，以詩表達者亦有之，以下僅論後者。至於「廣告小品」擬另文探討。

七十六年四月八日《聯合報》甲一版刊登一則雷諾汽車廣告，「標題」(Catch Phrase)乃是詩句，其「內文」(Body Copy)如下：

你會以為它是一把利刃……
因為——

只有風才能感覺它的速度
只有風才能勾劃它的弧線
它，馭風疾行，驚鴻而過
如果不是無意間飄然而下的落葉
雷諾11
在速度中，幾乎無法為自己
留下任何痕跡……

廣告乃是集體的創作（Group Creativity），文案本身應和其他要素例如畫面（攝影或繪畫）配合，形成整體的美，這裡唯抽取文案部分討論，當然有不妥之處，這是須先說明的。像這類廣告，其讀者遠較副刊還多，且非愛好文學者居大多數，其中素質低者大有人在，撰寫文案人員必須考慮這些實際問題。如果文案深奧難懂，則無效果；因此，應力求淺白，俾使可讀性高。如何寫得通俗？倒是一門學問。但也不能完全棄修辭技巧於不顧，否則便流於粗俗、低俗。準此而言，這首「廣告詩」頗能抓住重點，特別強調雷諾汽車的速度，句子雅典，簡明扼要，堪稱佳作。

「廣告詩」刊登於報紙者爲數繁夥，載於雜誌者則較少。左列詩作亦披露於報紙：

夜幕低垂，請將忙碌的心底
世界沈澱在甘醇香郁的咖啡
深情裡。
林森路、東寧路口　一個
很靜、很近的小站——
朝代咖啡
永遠為愛靜的族人留一盞燈

七十六年五月九日《聯合報》南②一版

此詩以感性取勝，短短七行，卻能將商店性質、氣氛及其於臺南市的位置全盤托出。詩句幽雅，似乎以有氣質的消費者爲訴求對象。平易近人中又不失詩味，這位文案寫作人員亦可視爲詩人。

以下這首廣告詩則出現在雜誌上，《國際現勢》週刊一六二五期及《中外畫刊》三七〇期均載這首小詩：

一聲聲駝鈴
串成長長的絲路
歷史走過，茶香也陣陣飄過……
天仁茗茶接上了傳薪的炬火
為的是讓茶藝傳得更深
茶香飄得更遠
每一壺好茶都是個有情天地
輕嚐品味，相和相契
讓我們在茶香中走一趟心靈之旅
今天的絲路
天仁重新走過

廣告詩不宜太長，太長則佔篇幅及影響讀者閱讀的耐心，要之，以「輕薄短小」爲上，此詩計十一行，合乎這項原則。其中「每一壺好茶都是個有情天地」，乃佳句，神來之筆也。這眞是既優美而又能達到商業目的的作品。近十年，新詩語言走平易近人的路子，唯其如此，廣告才能向詩求援，否則新詩不可能成爲廣告文案的活水源頭之一。試想在六、七十年代，新詩尙在文字、內容晦澀難懂的迷霧中，若廣告詩如此，消費大眾只好猜謎了。可以說，現今的廣告詩無疑是拜新詩語言淺易之賜。

七十一年，廣告學學者顏伯勤在文建會舉辦之「文藝座談會」中，提及那年五月九日某電化製品公司在某報刊出一首令他讚賞的詩作，詩題爲〈我不識字的母親〉：

阿母不知道，
什麼叫康乃馨。
阿母不知道，
什麼叫母親節。
阿母亦不喜歡五月，
伊講：五月常做大水。
阿母只知道，

牽掛囝仔的身體，
牽掛圈裡的鷄鴨，
牽掛園子裡的菜。
五月的第二個星期日，
伊挑著兩桶尿，
說要到園子裡去澆菜。

詩中描述阿母是個文盲，以農爲生，埋頭苦幹，任勞任怨，全詩並無歌功頌德的文字，而母親的慈愛、偉大卻躍然紙上。樸拙自然，簡潔有力，眞情流露，感人肺腑，實爲至情至性的上乘之作，人人皆懂，雅俗共賞，廣告詩如此，難能可貴。值得一提者，此乃以方言寫成，詩中方言無非是爲了配合詩中主角的身分，這種方言詩，頗能吸引人，在廣告詩中並不多見。

無獨有偶，七十六年五月十日，即母親節，《自立晚報》一版亦刊登一首方言詩〈阿母您會睩嗲？〉：

當年嘐出嫁的時陣，
您叫阮查某人在家趙從父出嫁趙從夫，
愛守三從四德的大道理，
庶有這陣阮尪仔某
和好恩愛幸福的日子。

今年又閣是閏年（大朝年）
我嗎是會記得趙買猪脚麵線
甲棉衾，呼阿母您添歲壽。
買阿水獅的猪脚禮盒有送——
音樂生日卡閣有滷肉專用的「狗姆鍋」
阿母您一定會甲意。

此詩有幾個字得費點心思來揣測字意，雖然並不很難。這種詩倒能引起讀者好奇心和注意力，令人感到新鮮有趣，就商業行銷市場而言，效果應該不錯。結尾有濃厚的商業氣息，實不得已也，畢竟這是商業廣告，而非純文學。大體而言，此詩較缺乏深意和詩質。

廣告詩中不乏劣作，因爲既要說明、介紹商品優點，又須寫得具有詩味，並非易事，往往商品解說的部分流於鬆散、直接，而破壞了整首詩的完美，甚至成爲壞詩。限於篇幅，下面僅舉一首爲例：

從嗷嗷待哺開始，
母親心靈的晴雨，就完全繫在兒女的喜怒哀樂上。
不管兒女多大，
這條母愛的線，從子輩而孫輩永無止境的延伸，
不管離家多遠，
母親的愛亦能藉著書信、電話傳達到兒女的心扉……
流水無源則涸，樹木無根則萎，
母親浩瀚般地親恩，
是兒女終生難報的，
母親節快到了，

不要忘了慈母恩，反哺心，
不要忘了跟母親說聲：「媽，謝謝您！」

（七十六年五月九日《聯合報》九版）

這首詩有分行詩的外形，而缺乏詩質，且有散文化傾向。非獨露骨，主題內容亦不特殊，沒有「創意」。結尾數行更是敗筆，畫蛇添足。不過筆者並不表示：這樣的詩便不能收到廣告效果。這是必須聲明的。

廣告詩固有許多正面功用，然而粗劣、醜陋的廣告詩往往使讀者群誤以爲詩當如此，則弊多於利，文案寫作者不能不愼。

將新詩，尤其是商業與文學功用兼備的詩運用於廣告的情況，日漸增多；一向號稱貴族文學的新詩得以助益商業廣告，提升文化水準，詩人應感到興奮，這對詩的發展、詩的推動相當有利。筆者願在此敬告素來抱怨「詩路不通」的詩人，這不失爲一條坦途，至盼有更多的廣告人寫廣告詩，而大量的詩人提筆創作廣告詩，介入廣告界。爲新詩開闢一條康莊大道，此其時矣！

——七十六年六月一日《自由副刊》

廣告、兒童與臺語

十年來，新詩出現在廣告上有日漸增多的趨勢，但比起廣告上大量的散文，新詩仍屬罕見。而臺語詩、兒童詩則更是罕見，更是稀少而特殊。本文擬就廣告文案中的臺語詩、兒童詩做個簡介，盼能引起廣告業者及讀者的注意。

一、廣告與兒童詩

近幾年先後看到某些文章高談文學已死，感到十分納悶。近幾年優良的文學著作的確滯銷，膚淺幼稚的書十分暢銷。不過，因此說文學已死，我不敢苟同。

八十一年九月十二日《聯合副刊》登出「文學又死了嗎？」座談記實，紀錄文太長，分三天刊登。參與座談的小說家張大春有一段精彩的對話：

> 其實不論詩和小說，閱讀人口已分散到其他領域。最直接的證據是電視廣告、漫畫。電視廣告中「貓在鋼琴上昏倒了」，結果是司迪麥廣告，這是位詩人創作的廣告語言，因此文學其實在不同的領域中發揮力量和作用，使得原來不被視為文學的作品，有了文學的意義甚至美學。

這段話我頗有同感，不過他只提到詩、小說，其實，散文侵入廣告最多，且好作品不少。廣告上優美的文字作品，當然可視爲文學。

換句話說，文學多了許多披露的園地。

連兒童文學也增添許多刊登的園地。本文打算談三首廣告上的兒童詩。先介紹一首題爲〈我的靠山是爸爸〉的小詩（七十六年八月六日《民生報》第一版）：

我有一座爸爸山，
爸爸山上好風光，
風來，他擋；
雨來，他遮；

就算天塌下來，我們也不怕。
媽媽說：「爸爸是我家的靠山。」
爸爸說：「我要做你們最安穩的靠山。」
我想，我們真的好幸運。

此詩運用簡單的譬喻，轉化技巧。看兒童詩，絕對不能以成人詩的標準來衡量。所以，平心而言，這是一首佳作。包括這首詩在內的，本文所要介紹的三首詩，與一般廣告文案最大的相異處，在於它們是以兒童爲主人公。這種策略的目的，無非是想透過兒童的心聲，引起大人們的注意，收到商業利益。以此詩而言，中國信託公司之所以於父親節前夕的廣告上，以兒童詩爲文案，意在提醒天下的父親想到自己是一家之主，是靠山。當安穩的靠山，要有錢財，要會理財，更進一步言，要與中國信託往來。

同年同月，《兒童天地》雜誌五十一期也有一首廣告兒童詩：

球拍好似著了ㄇㄛˊ法，ㄗㄞˋ著我和小妹
朝天空飛去。

突然間，月亮變成了ㄕㄢˇ亮的大球
我們追著球兒跑，
身ㄆㄤˊ的星星也都咧著ㄗㄨㄟˇ猛笑
真好玩，我們都成了好朋友！

此爲臺北「環球網、羽球訓練班」的廣告文案，畫面配合此詩大意：兩個小朋友騎著球拍，往月亮飛去，而月亮是一個大球。詩圖並茂，生動活潑。在水準上，此詩比上一首更好，詩質更濃。

八十一年初秋，我又收集一個廣告中的兒童詩例（八十一年九月十日《聯合報》第四十八版），水準甚高：

秋天說　要為麗嬰房換新衣
田野上一下子就熱鬧了起來
蒲公英帶來皇冠熊
小貓乘著風的翅膀

連滿山的玫瑰　也興奮的七嘴八舌
於是　秋天說
就叫麗嬰房把田野的顏色都穿上吧
麗嬰房'92秋裝上市
只要一次購滿當季服裝800元
馬上送您一份秋日驚喜
只送不賣
送完為止喔

擬人、擬物的修辭格屢見於詩中，這些辭格把秋日田野的快樂熱鬧，表達得淋漓盡致。使人對麗嬰房及其新裝——秋裝，頗具好感，結尾還能兼顧商業立場，對於諸如末五行所述，我能接受，能體諒，畢竟廣告詩並非純文學，不能棄生意於不顧。而以兒童爲訴求對象，也是明智之舉。當然，若要以大人爲訴求對象，亦無不可。只要文案處理好，美工搭配得宜，以何種階級、年齡爲訴求對象，並沒有非如何不可的規定、限制。

雖然以上三首屬於兒童詩，但對文學之推廣，亦小有功勞，畢竟廣告版的讀者遠多於兒童報紙、雜誌的讀者。

限於篇幅，本文僅舉三首詩爲例，其實例證尚夥，且成績不惡。此外，廣告小品文更是屢見不鮮。文學死了嗎？答案是否定的。

文學沒有死，而是某些人信心已死。

二、廣告與臺語詩

很Q、讚、強強滾等臺語在電視、電臺、報紙、雜誌、海報等媒體上時有所聞、屢見不鮮。近二、三年，常在電視上看到某男演員以臺語推銷土豆仁冰棒，以及某女歌星賣冬瓜露，嘴裡唸著「矮仔冬瓜，矮麼矮……」。雖然這些廣告詞並非文學，但特殊、有趣。

自從解嚴以後，自從臺灣人當總統以後，臺語文字、臺語出現在媒體的機會越來越多，已不稀罕。

在十年前，廣告中使用臺語，因少見，故多怪。以下便是一例：

〈我不識字的母親〉

阿母不知道，
什麼叫康乃馨。
阿母不知道，
什麼叫母親節。
阿母亦不喜歡五月，
伊講：五月常做大水。
阿母只知道，
牽掛囝仔的身體。
牽掛圈裡的鷄鴨，
牽掛園子裡的菜。
五月的第二個星期日，
伊挑著兩桶尿，
說要到園子裡去澆菜。

這是一首好詩。它是七十一年五月九日某報上某電化製品公司的廣告文案，以半臺語、半國語寫成。在廣告詞以國語爲主的大環境中，臺語成爲一種特異現象，尤其在十年前的一元化社會裡。文案作者掌握這特色，加以發揮，此策略十分大膽，具有創意（Concept），值得鼓掌。

這文案之所以成功，尚有其他因素。選擇母親節那天打廣告，希望消費者買電化製品但不直說，採取迂迴戰術，以詩描述母親的辛勞，無怨無悔，爲人子女者讀之，孝思油然而生。而盡孝道，送電化製品給母親不失爲良策，這便是廣告的用意。

題爲〈我不識字的母親〉的這首詩若將「喜歡」改爲「歡喜」，「常」下多加一「常」字，「星期日」改爲「禮拜日」，則更佳，更符合臺語，也更符合鄉下婦人的口氣。不過，這是小疵，不足爲病。

阿水獅豬腳大王在前幾年亦不甘示弱地推出臺語「廣告詩」（七十六年五月十日《自立晚報》第一版）：

〈阿母您會䀡嘜？〉

當年嘜出嫁的時陣，

您教阮查某人在家趙從父出嫁趙從夫，
愛守三從四德的大道理，
庶有這陣阮尪仔某，
和好恩愛幸福的日子。

今年又閣是閏年（大朝年），
我嗎是會記得趙買豬腳麵線，
甲棉衾　呼阿母您添歲壽。
買阿水獅的豬腳禮盒有送——
音樂生日卡閣有滷肉專用的〝狗姆鍋〞。
阿母您一定會甲意。

此詩上方，是一張黑白老照片：一位老婦人在古宅旁彎腰掃地。照片的人物、色彩、氣氛，予人一股孤寂、蒼老之感。此亦爲母親節當天刊登的廣告，爲人子女者見此照片，必百感交集。廣告人刻意製造這種效果。

這是一首純粹的臺語詩，連文法都是臺語文法，不像前一首夾有國語文法。有幾個字須解釋，以免有些人看不懂。䀡，累也。題目中的「嘜」乃詰問句語末助詞，如同「嗎」。第一行「嘜出嫁」的「嘜」則是「要」的意思。「棉衾」即棉衣。「甲意」，滿意。嚴格而言，這不是好詩。它的優點是出奇制勝，以臺語表達，令人會心微笑。另一優點是，作者刻意安排幾個韻腳，讀來朗朗上口。

空中大學印行的《廣告學》一書第五章論及文案的五個要點，其中「趣味性」、「單純性」，上述兩首詩均具備。顏伯勤「廣告學」一書第十三章提到的文案構思方向之一——感情性，上述兩首詩亦皆具備。

相形之下，〈我不識字的母親〉文筆生動感人，含蓄委婉，文學價值較高。而〈阿母您會䀡嘜？〉則文筆欠佳，表達方式失於直接，然而頗富趣味。其幽默感，也許便足以引起消費者購買豬腳的意願。

而最重要的，也是這兩首詩的共通點，即與眾不同，具有創意。

——八十二年十二月《臺灣詩學季刊》第五期

汽車廣告與新詩

十幾年前，消費者在廣告上看到新詩的機會，少之又少。廣告代理業者如果將新詩搬上廣告畫面，不但收不到正面效果，甚至產生負面影響。爲什麼呢？

因爲數十年來新詩一直是出版業票房的毒藥。今天，新詩的讀者仍然有限，十幾年前，更是少得可憐。在一般人心目中，新詩是怪胎，既不像舊詩那樣五言、七言整整齊齊，又不一定每首四句、八句。新詩是有字天書，常聽人說新詩每一字都看得懂，合起來便不知所云。

山窮水盡，十年來新詩已有路可走了。近十年的新詩由於語言平淺，題材生活化大眾化，技巧也不故弄玄虛，可讀性較以前高，喜愛者日漸增加。新詩之所以能在近幾年的廣告上出現，即緣於此。

倘若你留心報紙、雜誌、海報、電視上的廣告，不難發現有不少新詩正在爲出錢做廣告

（廣告主）、出點子製作廣告（廣告代理業）者而努力。以下介紹兩首這一類的新詩，我們姑且稱爲「廣告詩」。

你會以為它是一把利刃……
因為——
只有風才能感覺它的速度
只有風才能勾劃它的弧線
它，馭風疾行，驚鴻而過
如果不是無意間飄然而下的落葉
雷諾11
在速度中，幾乎無法為自己
留下任何痕跡……

此詩乃廣告文案（Body copy），它出現在七十六年四月八日《聯合報》甲一版的雷諾汽車廣告上。該廣告畫面是一輛紅色雷諾11急馳而過，只見車尾部分，及「飄然而下的落葉」數片，美工處理甚佳。畫面右上角卽刊登此詩。這首詩一般大衆應看得懂，以嚴格的角度而言，不失爲佳作。詩作者不但能爲推銷汽車而寫，又能兼顧文學水準。汽車廣告文案內容林林總總，若一文案中所述優點太多，消費者往往不會相信，甚至認爲是謊言。此詩僅抓住一點而寫，十分明智，強調雷諾11的快速，喜愛高速感的購車人士應會睹詩而動心。此外，詩句典雅，簡明扼要，比喻、比擬與夸飾的技巧運用得宜，而下面這首汽車廣告詩則抓住展翼悠遊的主題，只抓住這一點來發揮，與前面那首大異其趣：

笑容被壓擠成陌生疏離的臉孔
視野被緊縮在家和辦公室之間
生活被擠壓成一成不變的日子
童年的記憶變得越來越遠
內心隱隱有一股想飛的衝動

此詩登在七十八年三月三十日《聯合報》十七版的大發銀翼廣告上。該廣告畫面背景是一片藍天青山，右下方有一部紅色大發銀翼汽車，毫無創意，美工亦無技巧可言。不過，出現在廣告左下角的這首詩倒是精緻可愛。現代人生活緊張忙碌，生活空間窄小，喘不過氣來，不免萌生到郊外悠遊的念頭。如果悠遊鄉野，請開大發銀翼，這便是此詩的主旨，也是這個廣告的用意。作者能就「銀翼」品名加以聯想，並簡潔地、感性地敍述，一針見血地點出都市人的隱疾，應能被廣大讀者所接受，引起共鳴。

成功的廣告文案不宜太長，爲大眾所了解，文筆優美，且須富有創意，具商業性，上述兩首汽車廣告詩均擁有這些優點。此外，值得一提的是，這兩個廣告皆有動人的標題(Catch Phrase)，前者標題如下：

只有風才能體會
RENAULT11 最美的弧線

而後者的標題則是：

給自己一雙想像的翅膀　大發銀翼

句子頗富詩意，不妨視之爲「詩標題」，「詩標題」配合「廣告詩」，眞是相得益彰。

——八十一年十月號《彰化青年》

非軍事化的軍事廣告

幾年前，有一軍校聯招的特異的廣告在電視出現：一群青年男女，穿著時髦，或在樹下聊天，或開吉普車兜風，書面稍微朦朧。這種廣告，最適用於建築、飲料、服飾促銷，沒想到竟然是軍事廣告。數十年來，軍隊廣告總是呆板生硬、直接露骨，且千篇一律。而這個浪漫的廣告竟然突破限制，大膽嚐試，令人耳目一新。第一次看到此一極其新潮的廣告，自認很前衞的我著實感到驚訝！我想大眾必然也有同樣的心情。不久，很多觀眾接受它，甚至，稱揚之。

這幾年，在海報、報紙、雜誌上，我也看到一些與商業廣告相較亦不遜色的軍事廣告。這些廣告之所以能開創新局，究其因，可能與關中先生當年任省黨部主委後，國民黨的廣告煥然一新有關。關中這項創舉，帶動了軍隊及公家機構的廣告風氣，同時也提升了廣告品質。

本文想介紹幾個軍事廣告，與大家分享。依刊登時間之先後順序介紹。

七十五年，國軍「國光演習」營區開放，邀請民眾參觀，大做廣告。有一標題爲「有空，請來我家奉茶。」的軍事廣告，畫面背景一片藍天綠地，草地上置放著水壺、鋼盔、S腰帶，美工設計精美。左上角刊出一首詩：

這，該是我第二個家。
在這，我累過、笑過、哭過，
最後終於走過，
走過最困難的磨練、最艱辛的成長，
而我仍愛這個家，畢竟
含淚帶笑的豐收，最美、最值得記憶。
如今，像火浴後的鳳凰，
我們一展翅，就是耀眼的身姿。

您可願意來，

看我們展翅、看我們的家嗎？
十月卅一日至十一月二日，
有空，請來我家奉茶。
我將帶您見識這教我、育我，
使我笑、使我哭、使我成長的大家庭。

廣告詩能有此水準，已十分難得。軍事廣告文案能有這種成績，更是難能可貴。此詩站在軍人的立場，讚美軍事訓練並歡迎大家來參觀軍隊這個大家庭，淺易可解而又溫馨可愛。第二段顯然比第一段差，但情有可原，蓋廣告文案不能純粹爲文學而文學，絲毫不顧廣告的用意、目的。

欣賞廣告詩，必須設身處地，站在廣告主、廣告代理業的立場，絕不能完全站在學術的批評立場。我對上述軍事廣告詩，即以這種寬容的角度來觀察。

與前面所提電視軍事廣告同屬於軍事學校聯合招生廣告，下面也有一個還不錯的例子（七十七年六月《勝利之光》四〇二期）：

路無限寬廣
天無限蔚藍
心無限希望
人生的十字路口上
從此不再迷惘
只因在我的生命裡
找到了新的希望
「心」的方向

前三行乃「排比」技巧，有節奏感，也有氣勢。心的方向，這一句頗新鮮，有意思，同時也是「雙關」辭格。國防部七十八年甄試升學軍校、專科學生班及常備士官班招生廣告（見七十八年二月二十八日《聯合報》第十七版），其標題爲「新的方向」，由此聯想，「心的方向」可謂一語雙關。如果硬要說這首詩的缺失，那便是未能善用象徵、比喻等技巧，以致於不含蓄、不曲折。

前面所引兩首軍事廣告詩，皆以感性、軟性方式表達，成功地改變了人們對軍校、軍隊的刻板印象，進而對軍人產生親切感。

時代在變，潮流在變，一切都在變。軍隊也應該求變。

什麼都在變。只有「變」，才是永遠不變的。

不只軍事廣告應打破傳統，求新求變；軍方主管亦應由此得到啓示，軍中的種種不能老是一成不變。不但要變，而且要處變不驚。

——八十二年四月二十四日《彰化青年》二七八期

——八十三年八月二十九日《中華副刊》

顛三倒四的余光中

——余光中修辭技巧研究之一

余光中是顛三倒四，本末倒置的詩人。這樣說，絕非指他的爲人處事，而是就他寫詩的技巧而言。余先生的讀者大可放心。

今年六月三日，《文訊月刊》與《商工日報》合辦「現代詩學研討會」，筆者應邀發表一篇方法論〈新詩形式設計的美學基礎——倒裝篇〉。撰寫〈倒裝篇〉之際，筆者曾仔細調查詩家使用倒裝句法的情況，意外發現周夢蝶、余光中等人慣用倒裝伎倆。在這兩位同屬藍星詩社的詩人詩集裡，倒裝辭格可謂俯拾皆是。而余光中對倒裝技法的偏好尤甚於周夢蝶。

余氏之所以慣用倒裝手法，當然有諸多原因，筆者以爲其中最大的因素乃長期浸染於英美文學的結果。余氏早年畢業於臺大外文系，嗣獲得美國愛奧華大學碩士；歷任師大、政大英語系教授並從事英美文學之翻譯工作。眾所周知，英文習慣語法往往含有對中國文法而言，屬於倒裝的現象，將英文忠實地中譯，這些倒裝句法則保留在譯作裡，此即國人所謂的「歐化語法」。這種「歐化語法」在余光中的詩中實在屢見不鮮，順手拈來，如「如果遠方有戰爭啊這樣的戰爭／情人，如果我們在遠方」〈如果遠方有戰爭〉、「從何處我們來，向何處我們去」〈茫〉、「鐘樓的指揮杖挑起了黃昏的序曲／幽渺地，自藍得傷心的密歇根湖底。」〈芝加哥〉等均爲佳證也，這種顛倒語法順序的例子層出不窮，因此筆者戲稱他是顛三倒四，本末倒置的詩人。

何謂倒裝？一言以蔽之，就是在語文中刻意顛倒文法常態順序。以余光中詩句爲例，譬如「驍騰騰兀自屹立那神駒」〈唐馬〉。乃敍事句敍述詞之倒置，這便是倒裝，其正常句子應該是「那神駒驍騰騰兀自屹立」，而語法順序則如下：

主語——敍述詞——目的語

這種不合常規的特殊語法，這種人工刻意安排的倒裝，若適當、合理的運用，不但無「破壞性」，相反的，富有「建設性」。拙文〈倒裝篇〉曾言及倒裝在新詩中起碼具有七種建設性的功能：強調、叶韻、歧義、緩慢節奏、張力、經濟、變化，以下擬簡介余氏如何以倒裝手段來達到這些功用。

首先談強調，爲喚起讀者注意，加強印象，余光中在〈西螺大橋〉一詩尾段使用倒裝辭格：

矗立著，龐大的沈默。
醒著，鋼的靈魂。

這兩行各有一個「倒裝」，以末行而言，屬敍事句敍述詞之倒置，其順序應如這首詩第一行中的「鋼的靈魂醒著」才是，爲了加強語氣和動態——醒著，故余氏在此操作倒裝辭格。欲達到「強調」功能而將擬凸顯的部份倒裝的例子不少，篇幅所限，玆只舉一例說明，下述各功能亦僅以一例解釋。

其次說叶韻。喜愛余詩者皆知余光中是新詩壇最講究押韻的詩人之一。爲了獲取協韻的節奏美感，他經常經營倒裝辭格，他的詩集中有太多的佳例可以支持這種說法。下面僅錄其一，以概其餘：

歇了，熱鬧的金鋸子
斷了，鋸齒與鋸齒

秋季來時這空巷子　〈聽蟬〉

如果依語法規律作「熱鬧的金鋸子歇了／鋸齒與鋸齒斷了」，卽與末行末字「子」這個韻腳不協。請注意，倒數第二行經倒裝處理後，「齒」與「子」亦叶韻。

筆者於〈倒裝篇〉曾提到將字詞、句子倒裝，重新建立美學關係，會產生新奇的內涵，豐饒而又閃爍不定。透過倒裝技巧，詩句的深層結構（Deep Structure）轉而複雜，耐人咀嚼，於是乎產生多義性（Ambiguity），亦卽歧義性。〈西貢〉一詩卽出現一個優異的例子：

湄公河，斷了，苦澀的母奶

右例語法特殊，其表面結構（Surface Structure）易懂，但它的深層結構起碼有下列三種：「湄公河像苦澀的母奶，斷了」、「湄公河，斷了。苦澀的母奶，斷了」、「湄公河斷了苦澀的母奶」，有諸種不同的意義。此乃以倒裝促成歧義性。

接下來談緩慢節奏。倒裝句法能使原本順暢無阻的節奏暫時受到梗礙，換句話說，促使節奏緩慢下來。關於這點，筆者〈新詩緩慢節奏的形成因素〉一文（刊《中外文學》第七卷第一期）已有詳盡的闡釋。易言之，讀者閱詩時有順應文法習慣和了解句意的要求，「倒裝句法的驟然出現，迫令讀者多耗費一段極短的時間，設法將倒裝句正常化，恢復本來面目，進而徹底瞭解倒裝句法本來的意義，所以節奏也跟著緩滯下來。」值得一提者，每一個倒裝辭格，不管它擁有強調、張力、歧義性、叶韻等功能，都同時兼具緩慢節奏的功用，前面引用的一些詩例不失爲佐證。〈白卽是美〉一詩開頭卽有一個倒裝：

> 一天星斗對滿地江湖
> 飄飄其間浪子的華髮

第二行刻意倒置，也是屬於敍述句敍述詞的倒置，這無非是欲在諸多語法正常而順暢的詩句中製造細微的變化、波折，它顯然要比「浪子的華髮飄飄其間」如此語法合理的句子多費讀者一番心意與時間。只要細心比較倒裝前後的兩種不同句法，節奏之快慢急緩立刻分曉。

語言學、文學理論學家多認爲文學作品中，力的前進運動如受到阻力，這一推一阻宛似急灘中回逆的波瀾，自會產生「張力」（Tension）亦即「強度」（Intensity）。基於此，倒裝句法乃是在文氣、節奏之順暢中釀造一股阻力，故足以增加詩的強度或張力。例子甚夥，下面只舉一例：

> 只留下隔玻璃這奇蹟難信
>
> 〈白玉苦瓜〉

其正常語法結構當作「只留下這隔玻璃難信的奇蹟」，恢復常態語句時尚得加上一個「的」字方才通暢。余光中故意將語序顚倒，迫使文氣、節奏遭遇阻礙，是爲了使詩句更有勁力、更遒健！換言之，讓詩產生張力。這是倒裝的第五個功效。

第六個功效爲經濟。倒裝有助於字句的凝縮與經濟，余光中使用的倒裝有許多不失爲強而有力的證明，譬如前面所舉的〈西貢〉、〈白玉苦瓜〉詩例，倒裝後比正常語序的句子還精省。

最後一個功能則是變化。這是美學上的重要術語，所有的藝術，包括新詩在內，皆不能沒有變化。有變化，才不致單調、呆板，才會生動、有味。而倒裝本身即是一種變化；由於倒裝，氣勢、音樂性、語法、意義等均異於尋常。故所有的倒裝，不論具有上述何種功用，都同時擁有變化的個性；也就是說，有強調等功能的倒裝，皆能獲得變化的妙處。這裡再舉一例說明：

> 一面走下新生南路，在冷戰的年代
>
> 〈在冷戰的年代〉

這是敍述句補詞之倒裝，由於此詩首行已有「在冷戰的年代，走下新生南路」這種語序正常的句子，作者爲了變化起見，故在末行使用倒裝技巧，足以消除平板無味，帶來鮮活有趣。

以上專取余詩爲例，簡要地說明倒裝的七種功能。

余氏擅長利用倒裝，也經常使用倒裝，可謂深得倒裝三昧。除了使用一重倒裝如「咬一口痛一陣從舊金山到金門」〈忘川〉，尚經營很多的二重倒裝：

杜布西在想些什麼？究竟
　在想些什麼啊？那囁嚅的杜布西
　當月光仰泳在塞納河上？
　當指尖落在鍵齒上

〈月光曲〉

何時
才停止無盡的爭吵，我們
關於我的怯懦，你的貞操？

〈敲打樂〉

前者的正常語序應如下述：

當月光仰泳在塞納河上？
當指尖落在鍵齒上

杜布西在想些什麼？
那囁嚅的杜布西，究竟
在想些什麼啊？

所謂二重倒裝即是連續操作兩個倒裝，將相連的兩個倒裝一一還原，則後者的語法順序應如下述：

關於我的怯懦，你的貞操
我們何時才停止無盡的爭吵？

無疑的，二重倒裝的節奏顯然比一重倒裝還緩慢。同理可知，三重倒裝之節奏則較二重倒裝更慢。接二連三地連續運用三個倒裝，對余光中而言亦算是拿手，例如前面引用的〈聽蟬〉詩例卽是，除了「歇了，熱鬧的金鋸子」與「斷了，鋸齒與鋸齒」二句皆隸屬倒裝句法外，「秋季來時這空巷子」亦被倒置在末行。若將這三重倒裝一一放回原位，其恢復後的正常面貌則如左：

秋季來時這空巷子
熱鬧的金鋸子歇了
鋸齒與鋸齒斷了

其節奏之順暢無阻，不言可喻，與三重倒裝的詩句的節奏，相差懸殊。所以說，多重倒裝更能製造緩慢節奏。

大體而言，余光中所經營的倒裝，十、九皆成功而又漂亮，他算得上語言、文字的魔術師。他之所以能臻及佳境，究其因，乃是在操作字詞、句子前後次序倒置的倒裝時，泰半能遵守原則——爲內容、形式上的眞正需要而倒裝，也就是說，能基於表現上的需要而非僅在文法、技巧上故弄玄虛。

嫺熟於修辭學的余光中，常用且用得巧妙的修辭格尚有不少，如層遞、雙關、譬喻、跳脫等，本文僅介紹其倒裝伎倆，至於其他妙技當另文分析。

——刊於《臺灣詩季刊》第六號

——刊於七十三年七月二十六日《中央副刊》

淺論《一九八二年臺灣詩選》

七十二年初，前衛及爾雅出版社分別隆重推出年度詩選，前者為《一九八二年臺灣詩選》，由笠詩社同仁李魁賢主編；後者乃《七十一年詩選》，編者為創世紀同仁張默。在詩人口仍舊不多，詩集依然滯銷的今日，這眞是可喜可賀的事。上述年度詩選兩相比較之下，無疑的，李魁賢所主編者較具個性、特色而且嚴格，為筆者所喜愛。

入選《一九八二年臺灣詩選》的詩作凡五十五首，乃是自七十一年度發表的四千五百五十四首中精挑細選出來的，平均每八十三首中僅有一首得編者青睞，簡直比大專聯考還難。所運用的資料包括報紙、雜誌、詩刊，共四十四種，遠比爾雅版《七十一年詩選》所用的二十六種刊物還多，足見其巨細靡遺及良苦用心。

優秀的年度詩選，對入選的詩人而言是一種榮耀和鼓勵，對未入選者則具有刺激創作好詩的作用。而對讀者來說，更是無量功德，將一年內所謂的好詩一網打盡，讓讀者飽覽無遺，實在是一大快事。同時有益讀者的欣賞水準的提升。

當然，如同所有的詩選，這本前衛版的年度詩選並非十全十美、無懈可擊。它擁有諸多優點、特色，也不免有些缺憾。

筆者反覆咀嚼每一首入選詩作，發現它們在主題上具有共通性，即是「根」的母題(motif)。換言之，表達對臺灣、故國、故鄉的愛，在野生蕃薯、盛夏的南臺灣、家鄉女郎——寫給F、安全島、歸鄉、你的青春我的青春、舊木屐、在故宮、血衣、夢、古都等詩中不難找到這類主題，此亦即張漢良於《八十年代詩選序》所謂的「田園模式」(Pastoral-ism)。而詩選名爲「臺灣詩選」是有理由的，因爲入選詩作的題材多與「鄉土」有關，與「臺灣」息息相關，可謂名副其實。基於上述，可見編者的心態是側重於「本土的」。這是特色之一。

第二個特色是語言淺白。眾所周知，五、六十年代流行晦澀、艱奧的詩。當時的詩人簡直是貴族，一下筆便故弄玄虛，令平民化的讀者如入五里霧中。和寡乃是理所當然的事，而詩作卻又不見得「曲高」。七十年代以降的詩則無上述惡劣現象，非但語言平白樸素、意象單純明晰，而且言之有物、嚐之有味。抱著五、六十年代裹腳布的詩人，對這種淺白而又大眾化的作品頗不以爲然，因爲他們不明白這個道理：語言淺白不等於味道稀薄，大眾化不同於庸俗不堪。緣於此詩選收錄的五十五首作品皆未拒讀者於千里之外，相信一般讀者對它們會有好感，且能輕易地親歷詩境。

誠如編者在詩選序〈詩人的步伐〉一文中所提到的評審對象的選擇：「……不考慮作者是誰，因此我們忽視作者知名度的因素，因爲我們根本不相信詩人的知名度……」編者在披沙揀金時，只要是合格的「寶」便選入，而不考慮任何其他因素。是以鶴瘦、曾貴海、陳嘉農、呂嘉行、德有等名不見經傳的作者均榜上有名。唯其入選詩作極少，只有五十五首，不似爾雅版《七十一年詩選》達一百三十一首之夥，故沒有知名度者能雀屛中選，就這點而言，編者的確「言行一致」，值得喝采。這是第三個特色。

第四項特色卽是詩後附編者短評。歷年來許多新詩選集先後問世，十之八九均無評介文字。編者有鑑於簡評或導讀文字對讀者甚有幫助，故每首詩後均附有「六百字以內的解說，對作者略加介紹，並提示和簡單分析作品的題旨、要義、技巧、語言等」，此亦有益詩作者本身。平心而論，此詩選的〈解說〉比爾雅版《七十一年詩選》的〈編者按語〉還清楚、深入、準確。〈解說〉分別由李魁賢、趙天儀、羊子喬、李敏勇等四位編選委員執筆，其中以李魁賢、趙天儀的解說、剖析最具功力，短小精悍，一針見血，薑畢竟是老的辣，此二位編委的敬業精神也令人敬佩。而羊子喬、李敏勇二氏則採取感性、印象式、淺入的途徑來作解說，也許是有意爲之，而非力有未逮；但這種顧左右而言他、輕描淡寫的「讀後感」，反而會令讀者「不知其所以然」，甚至「不知其然」。李敏勇素以能言善辯、析理入微而聞名詩壇，這樣的「解說」著實使人失望，譬如拾虹的〈秀〉確爲上乘之作，大可仔細分析一番，不料李敏勇只不過把〈秀〉一詩翻譯成一堆白話文而已，令人扼腕。

接下來談此詩選的缺失。明眼的讀者定能輕易發覺入選詩作泰半屬於鄉土的、社會寫實的，也能看出編者很有「原則」，甚具「主見」。這樣的路線、原則、主見，在《一九八三年臺灣詩選》（前衞出版社，吳晟主編）更是昭然若揭。這種主題、意識掛帥的詩選所產生的偏頗，就如同某人站著情愛至上的立場，從四千五百五十四首詩中挑選「情詩」數十首，合爲一集，顏之曰《一九八二年臺灣詩選》，其不公允、短視、偏見，不言可喻。關心臺灣、鄉土，擁抱社會、現實，本無可厚非，但視臺灣、鄉土、社會、現實爲一切，則無異井蛙觀天。所謂臺灣、鄉土、社會、現實也不過是無數的「主題」中的「局部」而已，誠非「全部」。而認爲表達這「局部」者才是好詩，則更是幼稚、荒謬！須知鄉土也好，現實也好，都非衡量一首詩好壞的標準。以鄉土、現實爲主題、題材，而又處理得當，自屬好詩；不以鄉土、現實爲主題、題材，只要處理得好，豈可視若壞詩？主編者於「序」文中言及評審時「不刻意侷限於某種詩觀」，這句話的可信度令人懷疑。反正編者說歸說，做歸做，誰也拿他沒辦法。此乃缺失之一。

第二個缺點是不公平、不公正。〈詩人的步伐〉一文曾大言不慚地說：「不管是發表在詩刊、報紙、或雜誌，也不考慮作者是誰……更不討論作者所屬詩社或其背景。」在黨同伐異的詩壇，詩人均宜有此胸襟。可惜上述編者的話只是騙人的「謊言」，筆者再三統計，歸納入選詩作及詩人所屬詩社、背景，發現編委有很深的門戶之見及唯我獨尊的觀念。誠如前述，此詩選的優點之一是能列入名不見經傳者的好詩，而其疵病則是名見經傳的詩人的佳構多未採用。像爾雅版《七十一年詩選》那種統統有獎，詩壇皆大歡喜的情況，固不足爲範；然而厚彼薄此、故意遺珠，也顯示此詩選編委的心胸狹窄。編委對《文學界》、《臺灣文藝》、《笠詩刊》這三種刊物眞是一往情深，對刊登於這些刊物上的詩作可謂情有獨鍾。根據此詩選末所附「編寫運用資料」，這三種刊物的入選篇數如下：

文學界：9

臺灣文藝：8

笠詩刊：11

總計二十八首，超過入選詩的半數。上述三種刊物所走的是同一路線，此乃有目共睹的事情，因此，編者究竟以何種偏差的心態來選詩，毋庸贅言。不僅此也，編者亦欠缺對其他詩社的包容性，以下僅臚列《笠詩刊》以外的其他三大詩刊及一新銳詩刊的入選篇數：

創世紀詩刊：2
藍星詩刊：2
藍星詩頁：0
現代詩：1
陽光小集：1

這四個詩社的五種刊物僥倖入選的詩只有區區六首，而單單《笠詩刊》入選即高達十一首之多，莫非創世紀、藍星、現代詩、陽光小集的編輯同仁多是眼光拙劣？獨獨偉大的《笠詩刊》編輯同仁有好眼力？更進一層，以「笠」的「友」社「創世紀」而言，創世紀詩社同仁於七十一年也有不少佳作推出，然而除了渡也、沙穗、馮青等三人的詩作被看上，其餘同仁全軍覆沒。而「笠」卻有驚人的表現，共有十三位同仁入選：陳鴻森、桓夫、趙天儀、拾虹、陳明台、鄭烱明、白萩、巫永福、楊傑美、林宗源、詹冰、郭成義、非馬。這不禁使人想起君主獨裁。難道唯有笠詩社同仁詩的成績卓越，而其他詩社同仁的詩多不及格？笠詩社多的是優等生，而創世紀詩社中劣等生一大堆？這該不是「巧合」兩字可以搪塞得過去吧。這種「執一而爲，排斥異己」的行爲，這種「傲慢與偏見」，不知編委如何自圓其說？

缺失尚有不少，最後再舉一個作爲本文結筆。此缺失即是：選錄多首壞詩，有諸多佳構成爲漏網之魚。好詩未能獲選，原因很多，但不出這兩種：故意、無意。幸好〈序〉文已聲明在先：「這本年度詩選不能涵蓋一九八二年度發表的全部優良作品，滄海遺珠在所難免。」因此筆者不忍深責。筆者所謂落榜的好詩，順手拈來，便有數首，如葉維廉的〈背影〉、洪醒夫的〈彼岸〉、商禽的〈無言的衣裳〉、德亮的〈國三症〉等。再者如渡也的〈頑癬〉絕非他在七十一年發表詩作中之最佳者，竟也得到入選的機會。

壞詩、僞詩於此詩選中屢見不鮮。對一首詩的看法及價值判斷本是見仁見智，但一位有學養、有眼力的編者該不至於將明顯的劣作視若至寶吧！若有此情況，亦恐非「見仁見智」四字可以當擋箭牌吧。有數首詩經筆者前看後顧、左思右想、再三咀嚼，總不覺得是好詩或者有任何入選資格。例如紀弦〈銅像篇〉、林宗源〈土地與根的關係〉、楊逵〈即興〉、林佛兒〈古都〉、許達然〈能〉、詹冰〈椪柑〉等，有的屬於粗劣之作，有的雖非不堪入目但離入選標準尚有一段距離。這些詩太露骨者有之，空洞無物者有之，詩味盡失者有之。篇幅所限，以下只舉其中三首說明。不知紀弦的〈銅像篇〉有何深意？既造作而且過於淺白、散文化，它的入選恐怕是因「人」而非因「詩」吧。再者如〈土地與根的關係〉一詩不算太差，也非好詩，如果此詩選入選兩百首的話，可以考慮此詩。最令人不解的是詩中的方言，筆者是本省籍的，卻始終對它「莫宰羊」。又如〈能〉一詩，文句不順暢，語意不明，缺乏詩味。比上述詩作優秀而告落選的詩實在太多，面對上述這些沒有足夠的條件入選而竟上榜的作品，落選者能否心服？此乃第三個敗筆也。

每年年度詩選的推出，對讀者、詩人、詩運均有極大的助益，希望往後的年度詩選能言行一致地做到公平、公正、公開，使讀者滿意，詩人心服，詩運昌隆。

——《文訊月刊》第十二期

——《臺灣詩季刊》第五期

談鄭愁予的田園詩

〈邊界酒店〉

秋天的疆土，分界在同一個夕陽下
接壤處，默立些黃菊花
而他打遠道來，清醒著喝酒
窗外是異國

多想跨出去，一步卽成鄉愁
那美麗的鄉愁，伸手可觸及

或者，就飲醉了也好
（他是熱心的納稅人）

或者，將歌聲吐出
便不衹是立著像那雛菊
衹憑邊界立著

〈鹿場大山〉

——大霸尖山輯之一

許多竹許多藍孩子的樅
擠瘦了鹿場大山的脊
坐著吃路的森林
在崖谷吐著雷聲
我們踩路來　便被吞沒了

便隨雷那麼懵懂地走出
正是雲霧像海的地方

正是雲霧像海的地方
此刻怎不見你的帆紅的衫子
可已航入寬大的懷袖
比癡身　已化為寒冷的島嶼
蒼茫裡　唇與唇守護
惟呼暱名輕俏
互擊額際而成回聲

〈馬達拉溪谷〉

——大霸尖山輯之二

扮一群學童那麼奔來

那應耽於嬉戲的陣雨已玩過桐葉的滑梯了
從姊妹峰隙瀉下的夕暉
被疑似馬達拉溪含金的流水
愛學淘沙的蘆荻們，便忙碌起來
便把腰肢彎得更低了

黃昏中窺人的兩顆星
窺著我們猶當昔日一撥撥的淘金人
而在如此暖的淘金人的山穴裡
我們該怎樣？……哎哎
我們也許被歷史安頓了
如果帶來足夠的種子和健康的婦女

這三首詩皆屬於表現「田園模式」（Pastoralism）的田園詩。

在以「田園模式」這個觀點來貫串此三首詩之前，應該先將這個術語的內容簡略解說一下。所謂田園詩，大體可以劃分狹義和廣義兩種。前者包含田園的或鄉土的背景，及謳歌自然的題材；而後者則除了涵括上述題材外，還兼容並蓄對生命的田園式觀照與靈視，譬如對故國家鄉，失落的童年，乃至於文化傳統等的鄉愁皆可納入此畛域。

傾向田園其實是人類普遍的、共同的意願，尤其現代人類生活在高度科技文明的工業社會裡，置身於瞬息萬變的世界中，往往渴望超越此等劣境，邁進永恆的、靜止的、自然的理想世界。這無非是一種「返璞歸眞」的心態。而對故園的懷念，進而企望回歸故園，其實亦與這種心態相似，不妨與之等量齊觀。

根據張漢良先生在〈現代詩的田園模式〉（《八十年代詩選》序）一文中的說法，可以知道田園模式至少有兩種，其一屬於現實的，文化的層次；另一種卽是心理的，形而上的層次。它們的主要區別乃是在於時空的特定與非特定的歧異上。前者乃是屬於特定的、現實的時空；而後者則屬於不定的、普遍的，人所共有的時空，放諸四海而皆準的，例如都市人對田園與成年人對童年的嚮往。更清楚地說，前者之特定時空無可避免地牽涉及現實的政治、地理因素，以及對科技文明的控訴等。後者的心理時空便超越特定的政治、地理、文化格局，如鄭愁予的〈山外書〉一詩卽是佳例。

這三首詩的「田園模式」皆屬於現實的、文化的層次。下面依序簡要分析之。

第一首〈邊界酒店〉則是充滿鄉愁的詩。主要的表達技巧是「對比」。在同一個夕陽下的疆土都是對立的：一邊是故鄉，一邊是異地。同樣站在邊界的黃菊花與主角，卻懷著不同的心境：黃菊花呈現著沈默與無動於衷的表情，「他」則不沈默（將歌吐出或飲酒），情動於中而形於外，將心裡充塞著的鄉愁宣洩出來，所以這是一首表達地理的鄉愁的田園詩，而且已入廣義的田園詩範圍。

作爲〈五嶽記〉中描寫山林景色、田園風光的二十首中的兩首：〈鹿場大山〉與〈馬達拉溪谷〉，所要呈現的「主題」（Theme）可說是雷同的。因此，這裡僅取後者爲其代表加以解說。在「馬達拉溪谷」中，詩人將自己整個投入星、山、水、花木等物的運行中，且意欲隱遁於自然之中，終老於斯，他的心境絕不同於昔日充滿野心的「淘金人」。詩中的「金」這個意象相當重要，在山中它是自然的產物，但是有了「淘金人」的參與，它便象徵現實的功利及都市人唯利是圖的心態。全詩由「金」這個意象貫串起來，亦即整首詩環繞著「金」而發展，十分統一。在此安全、寧靜且不受凡塵干擾的「馬達拉溪谷」的山林中，詩人遂產生了隱居的心理。顯而易見的，這是一首涉及特定時空的狹義的田園詩，其對現實人生也稍作批評。

鄭愁予的某些詩雖然同隸屬於田園詩，但卻以兩種面貌出現。〈裸的先知〉無非是抗議科技文明，反對人爲的虛假的田園詩。〈邊界酒店〉則是表露不特定的地理的鄉愁的田園詩。〈鹿場大山〉與〈馬達拉溪谷〉二首卻表現在「特定的時空」裡，對自然田園或者說是「烏托邦」的歸返。

一般新詩研究者只注意及鄭愁予的古典風格、浪子本色及抒情調子，很少人注意到愁予詩中的這種田園傾向，本文試著藉題發揮，挖掘出愁予詩中的此一「主題」，希望拋磚引玉，至於拙見是否確當，則有待方家的指正。

田園模式的變奏

——簡介黃玠源的詩

〈地震〉

地震來的時候
正在抄一首情詩
房子搖了三下
我便滑到距離妳三mm的地方
最左邊的一行字
(關於自由和愛什麼的)

也滑進妳心底三寸的深處
這時候
鼻子正好頂著鼻子
於是嘴唇忍不住
輕輕地吻了妳
三下

——一九九一年三月十五日

〈愛情花〉

一共有三瓣
一瓣是妳刻骨銘心的溫柔

一瓣有我沈默不語至死不渝的誓言
最後一瓣給去丫吧，一個隨時的闖入者

〈我們仍留戀著彈珠〉

每一顆晶瑩的
笑聲，穿越眼瞳滾動而過
我們正趴在陽光的最下方
如貓凝眸，努力測量兩顆
心之間，該揮動什麼樣的力量
才能輕易將妳俘虜。那種專注
，竊笑，小心翼翼，無心機地
就像輕鬆俘虜我們的記憶
我們仍留戀著彈珠。仍然留戀

每一顆晶瑩的
眼淚，像被打中的彈珠
衝出框框四處翻滾灑落
聲音，竟是那樣的清脆
觸及心中最初的童年。想像
堅實一如彈珠裡凝住的泡泡
曾經是鼓鼓的一口袋嘩啦作響
就像現在我們無止盡的生活
我們把它埋在某個泥土裡然後遺落

——一九九一年十月廿六日

〈不要對一把椅子有太多奢求〉

不要對一把椅子有太多奢求
午后所有如釋的重負
正在椅面上不甚安穩地點著頭

他的姿態像一座巨大的回憶
呼吸均勻舒緩著匆匆的末世紀
所有喧嘩的聲音都被拋棄了
渾沌著，回憶是一把白色的彩筆
來來去去，渲染了一頭頒白
是我們的故事嗎？在彼此眼底流傳
那些滾動出來的感動每一顆
都曾深深種植在心的某處，然後
長成一棵棵年輕氣盛的大樹
懸掛著一些惶恐不安的青綠果實
曾經，曾經我們是俯仰天地的
一隻鷲鳥，展翅天深處
留下一些白色的風聲
我們看見他終於棲息下來
就像此刻深深種入竹籐椅的身影

有一些咳嗽聲傳來
然而和整個世界都沒什麼相關

——一九九一年十一月四日

〈所有的林子都往內彎〉

所有的情愛都是奔騰的風景
所有的笑意交由陽光使勁地傳染
小美軍的沙灘軟軟
新達港的大道飆著，風
飆著我們浪一樣的年輕
鹹澀的味道竄向泛黃的記憶
引領我們向海洋
所有的浪板衝向金色的未來
所有的細沙堆積著我們的夢想
黃昏的陽光暖暖

黃昏的妳底頰上沾染嫣紅的霞光
小螃蟹順著足印一步一步地長大
沙灘向兒時向海洋一痕一痕伸展
雀鳥在夕陽裡都飛回了林子
所有的林子都往內彎，因為風
所有的船帆都駛向漁港，因為浪
漁家的炊煙不斷地往上生長
潮水在心的海岸激盪
那些飛濺的以及不飛濺的
白色的浪花和金色的細沙
閃亮著，都是記憶裡明亮的眸光

——一九九二年一月二日

〈橘色的田〉

橘色的田躺在西濱公路的兩旁

像彩色的童年鋪列在你底眼前
悲傷快樂的心情是汽車火柴盒
迅速閃動又匆忙奔赴遠方
留下一陣煙彷彿不再曬鹽的鹽田
於是有成群的白鷺在天空飛翔
荒廢已久的鹽田們閒得不知道
應該怎麼樣？如果有人走過
不再是斗笠和襤褸的護袖了
他們有翹翹的鬍子和長長的釣竿
不再是皚皚皓皓的鹽丘了
只有苔深的淺水和草蔓的沼澤
從炎日到黃昏，低低地飲泣
於是橘色的田竟散布起她的感傷
一畝一畝，一畝一畝，所有鹽田
都沾染了橘色淚光，就在此刻的

天色裡，彷彿訴說一則過時的傳奇

——一九九二年六月三十日

〈橘色的西濱海〉

橘色的雲彩橘色的夢
橘色的天空橘色的風
橘色的海洋橘色的瞳
這是西濱海，黃昏時候的西濱海
如果你用橘色的速度呼嘯
而去，美麗的刹那永恆可會遺忘你
別用你的身軀填補有橘色浪花的西濱海
別用你的遺棄點綴有橘色沙灘的西濱海
別用你的風箏遮蔽有橘色天空的西濱海
這是西濱海，大家共擁的西濱海
如果你用橘色的速度接近

離去，留下橘不橘的西濱海
請你珍惜，珍惜自己
啊！被剝奪的東西總是最能打動你的心
請不要帶著你的淚水和悔恨
重新回來，請你離開
請離開
這是我不容輕狎的，橘色的，西濱海

——一九九二年十一月二十七日

〈鬍子的層次〉

鬍子通常沒有什麼層次
像雨後爭相抽綠的草坪
和雨中爭相凌遲的思緒
於是刮鬍膏被胡亂地壓擠

確定這是雨天症候群
你開始刮起右邊的鬍子

你開始刮起左邊的鬍子
有時用左手有時用右手

到底是左手刮左邊右手刮右邊
還是右邊左手刮左邊右手刮？

通常刮鬍子也沒有什麼層次
只要你努力推完一塊草坪

如果不小心推傷了草坪
表示你的思緒有待整理

——一九九二年二月二十四日

筆者在評論這八首詩之前，曾參考黃玠源其他詩作，因而對於他的詩有一總體印象。大體而言，其詩作常見的題材爲童年、愛情、鄉土與都市，而以田園模式（Pastoralism）爲主要特色。張漢良在〈現代詩的田園模式〉（《八十年代詩選》序）一文中指出：「狹義的田園詩指田園的或鄉土的背景，以及謳歌自然的題材。但廣義的田園模式或原型不僅包括上述二者，還兼及詩人對生命的田園式觀照與靈視，諸如對故國家園、失落的童年，乃至文化傳統的鄉愁。」依此看來，黃玠源〈我們仍留戀著彈珠〉一詩屬於廣義的，而〈橘色的田〉、〈橘色的西濱海〉、〈所有的林子都往內彎〉等詩則屬於狹義的。

張漢良還從另一個角度將田園模式區分爲兩類：「一爲現實的、文化的層次；一爲心理的、形而上的層次。」前者如〈橘色的田〉、〈橘色的西濱海〉二詩，後者如〈我們仍留戀著彈珠〉一詩，此外，黃玠源的〈今夜我們將投宿童年旅店〉、〈我們曾經轉動像陀螺〉、〈我們所能憶及的踢罐子遊戲〉等詩，均對失落的童年感到無奈，亦皆是心理的、形而上的層次的田園詩。

以下依序簡介黃玠源的八首詩。〈地震〉與〈愛情花〉、〈我們仍留戀著彈珠〉三首皆含有愛情主題。〈地震〉一詩作者由自然現象的地震，聯想及心理的地震（抽象的地震），這兩種地震在此詩中已是一而二，二而一。甚至可以說，這地震便是「愛」。一、二兩段頗具巧思，情詩最左邊的那行字，竟因地震而滑進妳心底，不但誇張，而且超現實！美中不足的是，末段流於肉麻、草率，以作者的能力，化腐朽爲神奇並不難。

〈愛情花〉是八首中最嬌小可愛的，每段僅有一行，一至三段交待作者的意念，並不特殊，最後一段倒是出人意表，「最後一瓣給ㄊㄚ吧，一個隨時的闖入者」起碼有兩種含意，一是表示對情敵能接受，不抱怨；另一含意是對情敵懷有不滿，但不表明，這種無奈（或嘲諷）由讀者去體會。詩人歐團圓在〈南方之星——《不安》代序〉論及此詩末行時說：

> 原來九〇年代的愛情已是三人（或多人）世界。前輩或推溯至遠古騷人墨客一再詠嘆的專屬二人堅貞不渝的愛情觀早已瓦解無蹤。作者淡漠的語調更加突顯這三人世界天經地義的宿命，沒有感傷，質疑或抗拒，（請注意：那第三者用注音符號「ㄊㄚ」，表示未知，但流露親密的包容性。）

顯然，歐團圓並未慮及末行尚有另一層意義。至於他對注音符號「ㄊㄚ」的看法亦與筆者不同。筆者以爲：「ㄊㄚ」如果是「他」，則闖入者是男性；如果是「她」，則闖入者是女性。透過此一分析，這首短詩便更複雜、更多義了。至此，我們更確信末行眞是神來之筆，而給予掌聲。

〈我們仍留戀著彈珠〉的主題有二：童年與愛情。不過，童年在此詩中的份量較重。現實時間的成年人，回到心理時間的童年，對於已然逝去的，無法挽回的童年，作者十分感傷，亦覺無奈，只好將象徵童年的彈珠埋葬並刻意遺忘，受此影響，對現實生活感到不滿，故一併埋葬現實生活：「堅實一如彈珠裡凝住的泡泡／曾經是鼓鼓的一口袋嘩啦作響／就像現在我們無止盡的生活／我們把它埋在某個泥土裡然後遺落」。張漢良〈現代詩的田園模式〉一文曾指出：

> 田園模式的追求，其立足點是現世的，詩人的觀點是世故的。他身處被科技文明摧殘的現實社會，懷念被城市文化與成年生活取代的田園文化與童年生活，於是藉回憶與想像的交互作用，透過文字媒介在詩中再現一個田園式的往昔，其本質是反科學的，反歷史進化的。

此詩便是這段話的最佳例證。在結構安排上有兩點值得一提，詩分兩段，第一段由笑聲起筆，第二段則由眼淚起筆，形成對比。再者，第一段結尾止於「仍然留戀」，意猶未盡，的確，此四字亦爲次段之開頭。此詩最大的疵病在於次段末句，「某個泥土裡」似不通，不妨改爲「某處泥土裡」，而「遺落」改爲「遺忘」似乎較佳，蓋「把它埋在某個泥土裡」已有「遺落」之意。或者乾脆刪除「然後遺落」四字，以免疊床架屋。

〈不要對一把椅子有太多奢求〉描述一老人於午後在竹籐椅上打盹，並且回憶陳年往事，回顧來時路，想起曾經胸懷凌雲壯志，曾經是大樹，曾經是鷙鳥，如今是孤獨寂寞的老人，被喧嘩的聲音及整個世界遺棄的老人。整首詩層次井然，節奏順暢。韻腳的安排亦頗具巧思，此從頻頻換韻可知。對辭格的運用，亦十分成熟，例如第二、三兩句將「重負」擬人化，第四句的比喻以及第十句的轉品均甚佳。此詩對一無所有的老人有些許無奈，也有些許諷刺，因爲作者將老人比喻成椅子，不要對椅子有太多奢求，卽不要對老人有太多奢求。

〈所有的林子都往內彎〉寫傍晚的新達港的景色，熱鬧繽紛，是一首景中有情，詩中有畫的田園詩。作者對未來的夢想、對童年的回味、對情人的熱愛，均流露於字裡行間。節奏，乃是黃玠源寫詩時非常注意的，他花了不少心血在節奏的製造上，這便是他的詩作泰半具有音樂性的原因。而製造節奏的方式相當多，此詩主要依賴排比、押韻等方式。嚴格而言，此詩並非佳構，因題材、主題均無新奇之處，而造句亦乏善可陳也。

〈橘色的田〉的背景在西濱公路兩旁，作者是臺南人，沿海地區的鹽田是他熟悉的題材。面對不再曬鹽、沒有鹽丘的鹽田，鹽田已成爲苔草蔓生的沼澤，作者撫今追昔，無限感慨。不但作者感慨，因移情作用，連鹽田「都沾染了橘色淚光」。前面評介〈我們仍留戀著彈珠〉一詩時所引用的張漢良的一段話，亦可用來詮釋這首詩。

與〈橘色的田〉背景、題材、主題類似的〈橘色的西濱海〉，同樣以「橘色的」爲形容詞。根據歐團圓〈南方之星〉一文所說「橘色是他的最愛」，那麼黃玠源最喜愛的顏色在詩中應有美好的意思。美好的田或西濱海，在黃玠源心目中，都是樂土、聖地，如今遭人踐踏、破壞，他無力抵抗，只好寫詩慨嘆了。詩中多處使用足以產生節奏的排比技巧，且以「ㄞ」字爲韻腳，如海、來、開，前面三行則押「ㄥ」韻，俾使整首詩在押韻上有變化，而不呆板。

〈鬍子的層次〉一首乃十四行詩，每兩行一段。以草坪喻鬍子，流於通俗。透過這個比喻，作者並未給讀者深刻、特殊的詩想。看一、二兩段，作者似乎想藉刮鬍子表達什麼題旨，讀完全詩，卻予人故弄玄虛之感，無疑的，這是一首遊戲之作。第二段首行顯得突兀，不知如何承上句，啓下句？請作者注意。

除了這八首外，筆者拜讀過黃玠源不少詩作，多年來筆者從未對年輕詩人的作品這麼用功過，黃玠源是唯一的例外。這也許是緣份吧。總的說，他的詩尚有一些特色，例如題目泰半冗長，與此相關的是，他喜歡造長句。此外，押韻也是他努力追求的。歐團圓在〈南方之星〉中表示：「他頗喜歡押韻，但押韻恰好不是現代詩形式掌握的重點所在。」筆者不以爲然，平心而言，押韻並沒有壞處，反之，大有益處，它可以是現代詩形式掌握的重點之一。

在提供給筆者參考的資料中，黃玠源如是說：

> 喜歡把詩生活掉，更喜歡把生活詩掉。對現代詩的期望是有哲思，有趣味，有感情，明朗通暢而有更多人能懂得。

他的詩即是這種詩觀的實踐，雖然成績並不很高，但看得出今年二十二歲的他有潛力、有實力，值得期待。

——八十二年十二月《幼獅文藝》

渡也 V.S. 渡也

詩人在自己的詩作後以散文說明該首詩的寫作動機、主旨及技巧，乃是推銷新詩極有效的方法之一。幾年前，〈聯合副刊〉曾經做過這種嚐試，引導更多的讀者進入詩的世界，十分成功。本文即企圖在這方面努力，針對兩首拙作略作解說，盼能拋磚引玉。

〈異國女子〉

街市寂寂
日影靜靜移動
一異國女子
被富士軟片捉住
囚於水泥柱上

男人將她當作一種
食物
用眼睛吃
然後像後面鞋店的
皮鞋一樣
拋棄

她被拋棄於此
於臺北街頭
等來來往往的人看她
她看熙熙攘攘的
人生

數年前某日見街頭鑰匙店高掛巨鎖爲招牌以及照相館巨幅外國美女海報，有感而撰寫〈異國女子〉、〈鑰匙〉二詩。先說〈異國女子〉這首。

坦白說，我不太會判別攝影技巧的高下及照片的優劣。這張相片的好壞，我說不出來。我只知道，這張相片圖象簡單，不易引起詩人的聯想，很難按圖索驥，借題發揮。考慮再三，僅就一點特色著手，加以描繪。

重點放在海報中那位外國女人身上，永遠站在柱子上的這位女人，手拿著富士軟片紙盒，從清晨被遺忘冷落，到上班時間，被來來往往的人群，人群的眼睛注視觀賞。身材動人，具有誘惑性，男人「洗眼」之餘，必定將她當作捕獵的對象；在描寫這點時，我強化它，說男人以眼當嘴，猛吃這位女子。

吃完後，喜新厭舊的男人，便將她棄如敝屣，宛如隔壁鞋店的鞋子。雖然一再於白天被觀賞，再三遭拋棄，於夜晚、清晨。但她還是站立不動，只能如此，站在海報裡，等上班時刻一到，人群洶湧而來，來吃她的冰淇淋。而她反過來，靜靜觀看人生。一旦人潮散盡，她又孤獨地品嚐寂寞。這樣冷熱多變的人生，她習以爲常了。

走筆至此，即有一些感觸在末段，而這女子的感觸也就是我的感觸。

從另一角度言，如將這女人視作活生生的人，則可進而設想：她遠從異國來此，來此陌生的國度，爲富士軟片從事推銷工作，孤單無依，舉目無親，想不想念故鄉？這一點，筆者並未深入描寫。

鏡頭巧妙地捕捉一剎那經驗，醞釀冷清的氛圍，也許是成功的一張照片。然而，可惜，筆者這首詩寫得並不好。

〈鑰匙〉

首先是一把鑰匙正昇起
再過去是檳榔滿地
再過去是烟霧酒池，再過去
一片藍天
再過去
萬里無邊的未來

一支無言的鑰匙
正昇入天空
企圖開啓封閉的都市
開啓封閉的藍天

開啓人生
其實，鑰匙本身也
封閉待開
也迷失，在茫茫世間
找不到門，找不到
未來

作爲此詩描寫對象的這張相片，無論乍看、細看皆十分簡單：一條街，幾個招牌。如此而已。

這些互不相干的物象的組合：藍天、街、高樓以及巨大的鑰匙模型，還有小吃、烟酒、檳榔等招牌。但是，卻引起我的興趣，細細想來，便有頗多主題、題材足供發揮。主要意象是距離我眼睛最近的大鑰匙，從此出發，以此爲中心，可作進一步思考、描繪。由鑰匙而聯想起世間有無數待開啓的事與物。由現代都市想到人生，思及未來。

這街的盡頭究竟是什麼？藍天嗎？不是。是一望無際的未來，也是「未知」。

我可以想得更深一點嗎？我自問。於是我更深入思索。

這照片表面沒有人，但我認爲有人，人物隱藏在背後，我看見了。

宛如鑰匙一樣，世間許多人想啓開上鎖的事事物物，甚至窮其一生。而他自己像鑰匙一般仍需鑰匙來開啓他，他並無自知之明。

這眞是一大諷刺！

永不止息地探索、開啓，卻找不到什麼，尋不到答案，而且陷入迷霧之中，等待援救。對於這樣的聯想和寫法，筆者倒自認還算不錯。

——八十三年十二月二十九日《中華副刊》

我的詩路之旅

四月二十三日〈聯合副刊〉登載丘彥明小姐的一篇短文，文中所引用的朱立民先生的一段話，我覺得十分重要。朱先生希望與會的詩人能夠吐露自己與西方文學的關連。由詩人現身說法，道盡其接觸西方文學的經驗，這對於研究比較文學的學者，尤其是關心西方文學與中國現代詩的學者而言，委實相當寶貴。因爲「詩人自道」足供學者參考，甚至充作其理論之證據。我想這個座談會的主要目的端在於此。就新詩史而言，此亦爲極佳的第一手的「口頭資料」。

既然如此，那麼詩人之自剖應做到毫不掩飾，不說假話，如此一來，座談會才有其深遠的意義。

題目既然是「西方文學與中國現代詩」，則顯示中國現代詩如果與西方文學有密切關係的話，並不僅限於與西洋詩發生關連而已。也就是說，包括小說、戲劇、散文、詩等在內的西方文學，凡與中國現代詩有關者，皆可提出來談論。

在說明我個人的詩創作受西方文學波及之前，先簡略談談三十年代前後中國現代詩向西方文學借火的情況。這層影響乃是有目共睹的。例如英國的「抑揚格五拍偶句」(heroic couplet)，或者「抑揚格無韻五拍詩」(blank verse)，都曾被徐志摩、聞一多、吳興華移植到中國現代詩裡。十四行的「商籟體」(Sonnet)也頗受歡迎，一些早期的新詩人將它的規則運用到新詩的天地中，馮至即是一例。而法國的象徵派深深影響及李金髮、戴望舒更是眾所週知的。

降及六、七十年代，余光中、瘂弦、商禽、洛夫、覃子豪、方思等人亦頗受西方文學影響。舉例言之，如艾略特(T. S. Eliot)巨大的影子經常出現在當時的現代詩裡，此乃不爭的事實。西方超現實主義的手法在瘂弦、洛夫、商禽的詩中俯拾皆是，此又一例也。而紀弦、方思等人的詩中，西洋典故屢見不鮮，也是極好的佐證。

個人寫詩迄今已整整十年，從事詩創作的最初數載，閱讀了大量民初至七十年代間的新詩著作，也模仿過一些名家的作品，拙作中當然常出現名家的影子。如前所述，既然名家多多少少受西方文學沾溉，那麼我的詩作中自然存在著西方文學的影子，這是不必諱言的。名家之中影響我最深且鉅的首推商禽。而商禽寫過許多西洋超現實主義(Surrealism)的詩篇，因此我的某些詩作亦染上超現實主義的色彩，換言之，我和商禽擁有一共同的活水源頭——超現實主義。

以上所言者皆屬間接的影響，下面且說直接的影響。直接的影響可區分兩面而言，一即內容，一爲形式。

先說內容方面。在我高中時代以迄大一這段期間，「存在主義」(Existentialism)在國內格外盛行，宣揚「存在主義」的西方文學作品紛紛被介紹到臺灣來，譬如齊克果、尼采、沙特、卡繆等人之著作我幾乎耳熟能詳，耳濡目染既久，便寫下一些表露現代人徬徨無依及探討人的存在問題的詩，如〈無頭騎士〉。在同一時期，亦流行以否定科技文明爲主題的西方文學作品，拙作〈嗜酒的柳樹〉、〈雲〉等便是這種沖激之下的產物。大二時我從物理系轉入中文系，開始研究文學評論，對西洋文學批評非常關注，這件事影響及我的詩作，這裡僅舉一例，神話原型批評認爲「水」這個「原型」具有一些象徵意義，其一爲：創造的神祕。我便曾根據這項理論，在詩中以「水」來象徵創造的神祕，譬如拙作〈河〉、〈母親〉即是。

西洋作家中有兩位大將給予我莫大的啓示，令我沒齒難忘。一位是美國超現實小說家巴莎姆(Donald Barthelme)，《純文學》刊物第61、62期曾大量介紹過此人的小說。巴莎姆奇特的幻想力給我的詩高度的營養。另外一位則是德國女詩人莎克絲，我不懂德文，藉賴李魁賢的翻譯，我捕捉到莎克絲詩中的優異之處，而將之妥善移植至我的作品中。

最後談形式。我的詩，特別是散文詩，非常講究「結構」（structure），這是多年閱覽西洋戲劇理論所致。我的散文詩泰半在結尾處佈置一個高潮（Climax），使人感到驚奇，以收震駭效果，拙詩〈電話〉、〈傘〉、〈雪原〉、〈潮汐〉、〈池〉等即展現這類設計。中國古典詩極少具有這樣的安排、這樣的效果，我的詩的形式可以說從西方戲劇理論獲益匪淺，其中以李慕白及威廉尼克遜合著的《西洋戲劇欣賞》（*The Enjoyment of Western Drama*）一書最令我愛不忍釋，如形影相隨，給我的好處也最夥。

必須聲明的是，上述只是就西洋文學給我養分而言，其實近三、四年來，我已返歸傳統，走回古典，畢竟我是專攻中國文學的。

——七十年六月《中外文學》

帶領更多的群衆前進

我經常在大專院校演講，讀者或聽眾往往要求我表露對詩的看法。其實，我的詩觀已明顯地存在於我近幾年來的詩中。

近五、六年來，我的詩觀及詩風驟變。

受了一些好書，如托爾斯泰的《藝術論》的薰陶，以及讀者給我的反應，加上長期自我思省的結果，我毅然作了大幅度的改變。很多人爲此痛責我，以下便是我的解釋：每當我下筆之際，心中眼前總是浮現無數的讀者，我常想，如果我恢復二十五歲以前的那種「拒讀者於千里之外」的詩，的確會使讀者垂頭喪氣，也會令我難過和歉疚。

我決心要接受大眾，擁抱他們。

我走大眾化路線，也是經歷一段掙扎過程的。個中滋味，非局外人所能體會。既然要接納大眾，必須使詩的內容不深奧；題材儘量廣泛，關懷民生疾苦，剖析時代滄桑；語言平淺；不玩弄文學技巧。近幾年，我的詩多屬詼諧幽默，因爲「好笑」也是吸引讀者的方法之一。當然，基本上，詩必須是詩，這點絕對不能放棄，捨此，詩便無立錐之地。有些大眾化路線的詩人，其詩作雖能符合上述原則，卻詩味盡失，斯則捨本逐末。

我深深體會到「一首詩必得到讀者心中才算完成」的眞諦。試想舞臺下倘若失去觀眾，沒有掌聲，演給誰看？卽使聲音再大，表演十分精彩，有什麼用？也許有人會高聲說演給「歷史」看，眞是荒謬！也許有人會認爲低俗便是向讀者妥協，但我並不以爲靠向讀者，便會降低素質，便是可恥。須知能保持素質，能感動大眾，而又廣受大眾歡迎，這種藝術才是眞正可愛的，有生命的。眞正的藝術並非曲高和寡。而欲達到這種「叫好又叫座」的境界，誠非易事。有一次我和瘂弦聊天，他說抗戰時期，報販沿街推銷報紙，嘴裡喊著「號外！今天報紙有臧克家的詩！」當日報紙因而被搶購一空，那位詩人能如此受人喜愛，是他的光榮，也是詩的光榮。這種美好現象，我雖不能至，然心嚮往之。

我很希望現在以及將來，我的詩能帶領更多的群眾前進，並且走上康莊大道，也盼望每一個詩人都能做到這點，那麼，詩的盛唐將再度來臨，那才是詩的凱旋。

——七十二年十月二十五日《商工日報》春秋副刊

——本文初稿刊《創世紀》詩刊第六十二期，此乃增訂稿。

飛入尋常百姓家

在資訊、大衆傳播高度發達的現代，詩人以及現代詩的功能，應異於六十與七十年代。最近數年，報紙、雜誌上某些特殊廣告吸引了我：以詩句爲廣告標題（Catch Phrase），甚至以詩爲廣告文案（Body Copy）；異於六、七十年代的這種創舉，給詩人帶來希望，爲詩帶來生機。

六、七十年代，新詩相當晦澀，曲高和寡，是以詩運未克推展。八十年代，詩要求明朗化，掌聲不斷增多。我以爲詩應先普及，迨詩人口增加，再提升詩讀者水準。不此之圖，一味「提升」詩水準，則詩家路窄，詩永遠屬於貴族。

報紙、雜誌上的廣告詩頻頻出現，平易近人，詩欲大衆化，此不失爲一條可行的捷徑。廣告詩雖不能啓廸你的人生，然而，對詩之推展不可謂無推波助瀾之功，這眞是一條詩路。廣告向詩求援，詩爲廣告助陣。詩提高廣告品質，詩人口因廣告而激增，一舉兩得。更進一層而言，讓「王謝堂前」的詩，「飛入尋常百姓家」，除廣告能做到外，歌曲、海報、商品包裝、電視等也能勝任這種工作，宜多加利用。

希望廣告文案人員不妨多運用動人的詩句、吸引人的詩，來製作廣告。再者，美國作家如 Hart Crane、Sinclair Lewis、Theodore Dreiser、Sherwood Anderson、Cornelia Otis Skinner、Helen Woodward 等人，均有撰寫廣告文案的經驗，因此也期望詩人多多參與廣告工作。在新詩仍是出版界「票房毒藥」的今日，有人在書房創作偉大的詩作，另有些人不妨走上街頭推展詩的大眾化！

——七十六年八月四日《中央副刊》

渡也論新詩

早在高中時代即不知天高地厚地寫起新詩評論，陸續刊登於《嘉義青年》，當時頗自以爲是。如今看來，皆見不得人之作，畢竟少不更事，書讀得不多，見解亦未成熟也。那些少作固然乏善可陳，但對我後來踏上評論之路，不無助益。

嚴格而言，正式經營像樣的新詩評論，以大二爲濫觴。彼時我已知曉學術論文規格及撰寫方式，懂得上窮碧落下黃泉尋找與運用資料，思想日趨成熟，因此對論文的寫作，能得其門而入。於從事古典文學研究之餘，我亦花費大量心血於新詩評論上。九年來，先後完竣二十篇評論，最近結集成册，顏之曰《渡也論新詩》，由黎明文化事業公司出版。此書區分「理論」與「批評」兩大部分。

前半部是五篇理論性文章，特別値得一提的是〈新詩形式設計的美學基礎——層遞篇〉一文，都三萬言，成於大三，翌年即以此文獲教育部青年研究發明獎甲等獎，與我同時得獎者皆爲博士班研究生，這眞是我人生中頗引以爲榮的事。〈層遞篇〉後來被選入《現代詩導讀》那套書中，列爲「三十年來重要的詩論」（蕭蕭語）。原先的構想，擬以「新詩形式設計的美學基礎」爲名，有系統地寫一本大部頭的純理論，內分方法論十五篇，由於疏懶，僅完成兩篇便作罷，第三篇——倒裝篇，數年前已記錄千餘張卡片，萬事俱備，迄今未付諸實行，深覺遺憾。〈聲韻學在新詩上的一項試驗〉一文自認具有突破性，採取新的角度對張默的〈無調之歌〉一詩評頭論足，探討新詩眞正的節奏。持著「不立異以爲高，不逆情以干譽」的態度，站在研究中國文學者的立場，以所學的聲韻知識來挖掘並證實內在、外在節奏，乃是十分可行且有效的，這是一個起點，盼能抛磚引玉，將來有人繼續致力於此道。

這些理論文章均成於二十六歲之前，近五年來，我一直未有更精湛的新詩論述推出，實在汗顏。

本書第二部分乃批評、賞析。新詩於近十年來產生極大的轉變，與六、七十年代截然不同。後者排斥讀者，而前者接納讀者。要求廣大的讀者無非是近年來一般詩人的心願，苟欲達成心願，除了在新詩之創作上悉力走向大眾化，新詩評賞的大量製作亦不失爲妙方。有鑑於斯，筆者在這方面亦略盡棉薄，冀能使望新詩而卻步的讀者儘量減少。六十七年，我唸碩士一年級，遠在高雄的游喚邀約我爲《現代名詩賞析》（心影出版社）一書執筆撰寫九篇新詩賞析文章，那些文章卽收錄於此。游喚的邀請也是促使我寫平淺的賞析的主因之一，在此特別向他道謝。

同時也要向羅青鄭重致歉，〈吃西瓜的壞方法〉一文一針見血地指出羅青詩的壞處，該文發表後，卽有論〈吃西瓜的好方法〉的計劃，畢竟羅青的詩，優點多於瑕疵，可是迄今一直未動筆。

三十多年來，詩壇始終缺乏有系統而又完整的方法論的專門書籍，令人感嘆。而近兩年來詩集紛紛問世，新詩評論反而沈寂。希望拙著的出版，有一點刺激作用，爲新詩方法論專書催生，也能促使新詩賞析文章恢復往昔熱鬧的局面。

——七十二年九月二十一日《商工日報》春秋副刊

落地生根

有一種植物，生命力極強，隨遇而安。卽使將它折斷，只要讓它落地，只要有土壤，就能生根，成長，開花，繁殖。據說它擁有一個好聽的名字：落地生根。我種植它，除了欣賞它的青春——紅花、白花、黃花之外，還由衷欽佩其過人之生命力、繁殖力及處世態度。我常以它自勉，並勗勉學生，如今作爲書名，正好勉勵讀者吧。本來書名並非「落地生根」，而是「講師的盆栽」，蕭蕭兄認爲不能吸引人，我左思右想，乃更名如斯。

向來沒有爲自己的書寫序的習慣，前後共出了五本詩集，唯《手套與愛》有一篇畫蛇添足的序，而三本散文集，亦僅僅《夢魂不到關山難》一書有序。這次九歌出版社向我索序，恭敬不如從命，只好先道書名原委。

書中作品發表年代最早的，應是一九八〇年，那年我正唸中文研究所博士班二年級，同時在嘉義兩所專校兼課，授國文及中國近代史。我一向對教育頗感興趣，亦關心學生，迄今熱忱依然未減，套一句廣告詞：我熱愛我的工作。好學生，我非常愛護，對於壞學生，更加關懷，這種心態，〈願望〉一詩已表露無遺。

教書之餘，蒔花爲樂，長期與花木相處，深覺種植、栽培花木是另一種教育工作。

我努力使自己成爲學生、植物的益友、良師，每每沈思默想，感覺有時學生和花木、我角色互換，三者易位，即學生、花木也是優良教師，頗有值得我學習、效法之處。譬如：花無所求，只消陽光、水和豬糞，有的植物甚至只需求水而已。它們生活簡單，毫無野心，但生命力強韌，令人肅然起敬，予年少的我莫大的啓示。

上自公卿大夫，下至販夫走卒，人人均可栽培花木。然而栽培學生，則必是知識分子的專利。唯有教育成功，國家才有希望；所以宣木鐸的知識分子的地位，待遇必須受到重視。

許多人根本不重視老師，據我所知，甚至一校之長竟也如此。這實在是教育界的大問題啊！

教育界的問題還眞不少，教育部、校長、老師、家長、學生，甚至制度本身均存在著許多疵病，有的可輕易解決，有的則積重難返。

有一問題至今我仍不明白：爲什麼教育部、教育廳給予校長一人獨大的特權？一夫當關，萬師莫敵。而且一日爲校長，終生爲校長，以致於校長肆無忌憚，胡作非爲。一旦校長惹出痲煩，層峯又一味地庇護他。

我就碰到一個惡劣到極點的專校校長。

貪污、弄權、卑鄙、文化水準低下，即是那位校長的特色。天下有多少校長如此？該校長甚至干涉我的寫作，有一次他找我到校長辦公室，告訴我寫作必須小心，且指出〈另一種農業〉一詩破壞校譽，是嗎？

創作本身是自由、民主的。欣賞詩竟然只想到學校的面子問題，眞是一絕，令我啼笑皆非！

前任校長囑我開一門新文藝課程，這在全國專校中算是創舉，來選修的學生多達六、七十人。而該校長繼任後，卻逼我寫新文藝課程報告，我知道那是蓄意刁難，索性不續開課了。

其實，學生的毛病並不像師長問題那麼令人痛心疾首，老師、校長的問題不但繁多，而且嚴重！我種花，原因固然很多，藉養花來忘記學術圈、教育界的恩怨是非即原因之一。那位專校主管不歡迎學問好、高學位、教學熱心的老師，反而垂愛那些逢人說好話，善於拍馬屁而腹無點墨的人。吾見上下交相賊，烏有所謂施恩德與夫知信義者哉？因而下課之餘，不得不種花以消除心中之不快。

在某些方面而言，人不如花。

身爲小講師的我在那所專校長期受到諸種不平的待遇，看到許多人性的醜陋、教育的弊端，對我的人生觀及作品實有莫大的影響。我後來寫了大量的社會批判的詩文，與此有關。然而個人力量薄弱，蚍蜉撼樹，無法消除教育界的疵病及敗類，只好離開那所學校。

一九八七年八月，我到國立臺灣教育學院（即今國立彰化師範大學）受聘爲副教授，結束我的講師生涯、講師日記，結束了多年的一場噩夢。

但我的盆栽研究，蒔花工作並沒有結束。我繼續栽植花木，關心它們，解決它們的困難。植物問題也不少，但與教育界相形之下，則是小問題，單純而較易解決。小小的盆栽在我眼中心裡，並不只是花、葉、枝、根、盆、土和水，它甚至使人聯想人類、民族、政治、愛情、生命和死亡等。

從另一角度來看，教育學生與栽培植物道理近似，如同「植物生理學」一詩所述，無論在教育界爲人師，或在園藝界當園丁，均需細心、愛心、恒心。唯其如此，教育才能落地生根，植物才能茁壯開花。

凡此種種，都忠實地記錄在〈講師日記〉與〈盆栽研究〉兩組系列詩篇中，這些作品寫作時間長達七年之久，在有計劃、有系統的經營之下，陸續完成。其中數首分別被選入坊間某些詩選，讀者與詩評家多年來給予我熱烈的鼓勵，我終生難忘。

另外值得一提的是，開始撰寫這些作品時，我的美學觀點及語言、技巧、題材已大異於大學、碩士班時代。口語入詩，以簡單的技巧描繪日常生活題材，深入淺出地表達人生哲理，卽是我彼一時期之特色。在這後現代詩充斥詩壇，許多難以理解的詩作被捧上天的時刻，我仍抱持那種詩觀，且將堅持下去。

最後，萬分感謝至友蕭蕭、瑞騰兄爲拙詩作「解說」，他們在百忙之中，拔筆相助，盛情感人。尤其蕭蕭兄抱病執筆，我深感歉疚。兩位仁兄的賞析文字，溢美之處，愧不敢當，指正之處，虛心接納。

凡走過的，必留下足跡。我們三人都已爲詩留下足跡，誠心等你來看。

是爲《落地生根》詩集序。

——七十八年十月十三日《新聞報》西子灣副刊

波特萊爾、商禽與我

——詩集《面具》自序

世界上第一位正式使用「散文詩」這個名稱者，是法國詩人波特萊爾，時間在十九世紀的七十年代之前。

一九一八年，《新青年》四卷五期上刊登劉半農翻譯的印度垃坦・德維的作品〈我行雪中〉，詩末所附的譯者說明中提及「散文詩」一詞，此爲該名稱首度在國內出現。波特萊爾與劉半農使用此一名詞，其間相差起碼五十年。

波特萊爾在十九世紀七十年代以前已開始撰寫散文詩，九十年代法國藍波亦寫散文詩。此外，印度泰戈爾及蘇俄屠格涅夫等人於十八世紀均有散文詩作產生。在世界文壇，這種近代新詩體已有一百數十年的歷史了。

在中國文壇，現代散文詩只有七十多年的歷史。

一九一五年，即民國四年，《中華小說界》二卷七期刊登劉半農翻譯的屠格涅夫散文詩。一九一八年一月，即民國七年一月，《新青年》四卷一號披露沈尹默〈月夜〉一詩，此詩被康白情認爲是中國新詩史上第一首散文詩。同年《新青年》五卷二號又刊沈尹默散文詩〈三絃〉。

也有人認爲劉半農的〈曉〉一詩，發表於民國七年五月的《新青年》刊物上，是中國第一篇散文詩，實則不然，它的問世比沈尹默的〈月夜〉晚了四個月。

簡而言之，外國散文詩作在國內出現，是民國四年的事。隔了三年，民國七年始有國人創作的散文詩產生。

筆者寫散文詩已有將近二十年歷史，此期間，常聞有人不知散文詩爲何？散文詩是不是散文？

何謂散文詩？林以亮〈論散文詩〉一文說：

> 在形式上，它近於散文，在訴諸於讀者的想像和美感能力上說，它近於詩。

呂進《新詩的創作與鑒賞》一書指出：

> 總起來講，散文詩……它是散文形式的詩，也可以說，它是掙脫了詩的某些形式鐐銬而保存著詩的本質的詩。

羅青在〈白話詩的形式〉一文中則表示：

> 分段詩的另一特色，是以散文的、合乎文法的分析性語句來表達非散文的、多跳躍性、多暗示性的詩的神思。

羅青所說的「分段詩」即是散文詩。透過上述林、呂、羅三氏的解釋，多少可了解散文詩的特色、定義。散文詩不是「詩的散文化」，「詩的散文化」是指詩語言累贅、乏味、淺陋，散文詩並非如此。一言以蔽之，散文詩是詩，不是散文。

四十多年來，臺灣散文詩作手並不多，只有商禽、管管、秀陶、蘇紹連等人有一些此一文體的作品發表。其中商禽於五十八年出版的《夢或者黎明》中的某些散文詩，影響筆者頗深，高中以迄大學時代，這本袖珍型的詩集長相左右，令我愛不忍釋。我努力模仿商禽，而開始了散文詩的創作。七十年六月一日出版的《中外文學》（第十卷第一期）上，我曾如是說：

> 名家之中影響我最深且鉅的首推商禽。而商禽寫過許多西洋超現實主義(Surrealism)的詩篇，因此我的某些詩作亦染上超現實主義的色彩，換言之，我和商禽擁有一共同的活水源頭——超現實主義。

不僅此也，甚至「結構」的安排，也向商禽學習。譬如我有些散文詩在結尾處佈置一個高潮(Climax)，使人感到驚奇，以收震駭效果，〈池〉、〈耶穌〉、〈傘〉、〈火木仔的喜劇〉、〈父親與嬰〉、〈嬰〉等詩，即展現這類設計。不過，「結構」並非全然得自於商禽，西洋戲劇理論對形式的要求，也給我許多啓示。

散文詩始終是我熱愛的一種文體。年少時一開始寫詩便有散文詩作推出，除了近幾年交白卷外，我每年都有散文詩發表。十八、九歲，即高二、高三時，我開始創作散文詩，披露於當年的《青年戰士報》「詩隊伍」及《水星詩刊》，〈渡〉、〈彈痕〉、〈回響〉等詩即是。在這段漫長的歲月，完成近百首的散文詩，全收入本書及拙著《手套與愛》、《空城計》詩集中。如今檢視這些作品，早年所寫的泰半不成熟，生硬牽強；爲了紀念，我將它們保留在此書中。沒有這些青澀的少作，就沒有今日的我。

多年來我一直想出一本散文詩集——整本都是散文詩，不許夾雜一首分行的自由詩，如今出版這本《面具》總算如願。此時距波特萊爾作古已一百二十多年。

——八十二年五月十八日《西子灣副刊》

《不准破裂》序

這是我第九本詩集。

寫詩二十五年了，我始終戮力不懈，因而產量甚豐，迄今已發表詩作達千餘首。我的詩路之旅，並非平安無事，一帆風順，也有不少難關、掙扎和變化，早年曾沈湎於唯美的、個人的、玩弄技巧的小天地裡，後來幡然改圖，於十幾年前，努力要求自己：

一、語言平易近人

二、題材生活化、大眾化

三、不要技巧

希望我的詩既具有詩質、詩味，又有很多人看得懂。這種「詩觀」，這種「美學」，有些人反對，但我只管寫我的，相信必有讀者支持我。近讀張師夢機〈讀詩隨筆〉（八十三年三月十日《中央日報》長河版）：

> 謝茂秦說，大凡作詩，要吟起來像行雲流水；聽起來像金聲玉振；觀賞時像明霞散綺；解釋時像剝繭抽絲；這是詩家四關，假如有一關未透，就不是佳句。

這段話很精彩。謝氏所言，正是我夢寐以求的。這本詩集所收的作品，卽以此爲追求的目標。是否達成目標？尚祈方家不吝賜正。

本詩集中的八十五首作品泰半完成於七十四年十月至七十六年七月服役期間。我在獲得文學博士那年，三十三歲高齡，始入伍服預官役。年老從軍，感觸相當深刻，靈感特別豐富，因而詩作產量頗多。

如今重閱這些作品，憶及往事，不免有些感慨。服役期間，月薪區區五、六千，而內人在嘉義公路黨部上班，薪俸極微薄，我必須以寫作維生。那期間，勤奮筆耕，大量投稿，平均每月約有一萬元的稿費收入，勉強維持生活。對當時經常採用拙作的報紙副刊、雜誌主編，我至今仍銘感五內。

這本詩集共分五輯，內容相同或相近者歸納爲一輯，卽依類相次也。第一輯以人爲主，寫古今人物。第二輯內容泰半與「寫作」此一題材有關。第三輯皆以軍事爲題材，一覽卽知，十分明顯。第四、五輯，題材較廣泛，如環保、動物、人性等。特別值得一提的是，其中〈是誰在我腰部砍了一刀〉、〈臺灣電力〉、〈不准破裂〉三首，描述脊椎嚴重受傷時的心境。剛入伍，即不愼摔成重傷，脊椎破裂、腰椎某節下陷等骨傷，使我無法像常人一般坐立，有時劇痛難忍，曾因此住軍醫院接受治療，達一年餘之久。住院臥病在床，仍努力創作，爲糊口而奮鬥。如今脊椎雖稍好轉，但仍未痊癒。中年憶往，爲自己當年未癱瘓而深感慶幸！眞是此身雖在堪驚。將來的路還很長，必仍有風有雨，我知道脊椎的保養十分重要，而心理的保養更重要，此書命名爲《不准破裂》，即藉以自勉，並紀念那段與病艱苦搏鬥的日子。

寫詩二十五年了，我始終戮力不懈。在最困苦時，我仍寫詩，詩仍陪伴著我，寫詩甚至成爲我維生的工作。詩甚至使我三餐得繼。

詩，已成爲我的生命。

詩，已成爲不准破裂的我。

——八十三年四月六日《中華副刊》

《手套與愛》自序

情詩可以說是狹義的抒情詩。大體而言，抒情詩的特色不外乎簡短而富有節奏感，感性濃且沾染個人主觀性的色彩。情詩既然隸屬於抒情詩，則其擁有上述的特殊性格乃是理所當然的。更進一層說，情詩就是建立在愛情的基礎上的。愛情無疑是人類最原始最自然的感情，高官顯宦，販夫走卒，男女老少，無一不懷有愛情，愛情一旦萌生，即猛烈如火，幾輛消防車都撲滅不了，因此，在中、外詩史上，描寫這類感情的情詩便順理成章地佔著極重要的地位和比例。說情詩燒亮了詩史，或者天不生情詩，詩史如長夜，應該不是過份的話吧，尤其是對中國詩史而言。愛情是中國文學的重要主題之一，抒情詩是中國文學的主要傳統。《詩經．國風》中，狀述男女情愛之詩，俯拾皆是。「思婦懷人，吉士永愛，春宵苦短之歎，美人相思之苦」（劉大杰語）使得詩經充滿人性與活力，古代道學之士卻一口咬定這些纏綿的情詩乃是「託男女以寓君臣」，眞是寃枉〈國風〉，還是朱子慧眼獨具，他老人家

〈詩集傳序〉中明確地指出：「凡詩之所謂風者，多出於里巷歌謠之作；所謂男女相與詠歌，各言其情者也。」觀點正確，應該得五個燈。

從詩經濫觴，情詩便跟隨文學史洶湧下去，從未間斷，一直到我的詩中。由此可見，我的情詩無論評價如何，仍有值得炫耀之處，那便是承襲中國文學的主要傳統，起碼這點可以安慰自己哪。

我的情詩和我的戀愛經驗其實是一體兩面，前者用文字描繪愛情，後者則以行動實踐愛情。這兩者，早在我十五歲時卽有實際的成績。這可要謝謝杜秋娘。杜秋娘的〈金縷曲〉：「勸君莫惜金縷衣，勸君惜取少年時。花開堪折直須折，莫待無花空折枝」，這首詩給我莫大的啓示，再加上我早熟、情感豐富，所以十五歲便捷足先墜入密而不漏的情網，繼而有情詩的產生，以證言行合一。

我的愛情生活眞是十分豐繁，甜酸苦辣都嚐過，悲歡離合皆歷盡。也有同時愛兩個女子的經驗，可是到頭來還是只能跟一個女子「結髮爲夫妻，恩愛兩不疑」，畢竟，一山不能容兩虎（母老虎）啊！古代一夫多妻制，雖不能至，然心嚮往之。當然這是開玩笑的。

「情」動於衷，而形於言，這是情詩的創作動機。至於言則有各種方式，中國古代情詩向以委婉含蓄最爲特色，我的情詩當然也保持這種「遺產」，第二、三輯卽是。而俏皮幽默、冷諷熱嘲則素爲情詩所缺乏者，我嘗試開拓這一片天地，第一輯就是例子，當然，嘗試尚未成功，渡也仍須努力。

或許有人會認爲本集有些詩簡直是色情詩，所以必須在此解釋一番。所謂色情詩，其內容純粹描繪生殖器官或男女性愛，極盡淫蕩猥褻之能事，而毫無深意。倘若在從事這種描繪的同時，使其藝術化並注入意義，則這種詩便不能視同低級的色情詩了。南方的吳歌西曲中，也有不少香豔大膽之作，但不容從色情的角度來欣賞。簡文帝的「詠內人畫眠」、「孌童」即可因其屬色情詩而嗤之以鼻。情詩與色情詩的區別在於此也。

「託男女以寓君臣」，我的情詩可不敢也不想有這麼大的抱負。夫妻失和，細看我的情詩必化干戈爲玉帛；相戀中的少男少女，最宜人手一冊《手套與愛》，更能增進感情。這才是我的希望。近年來我的詩力求明朗淺白，受白居易詩觀的影響頗巨，使詩通俗化，流傳社會，讓人人能讀，人人能解，這也是我的希望。寫詩十載，流水十年間，發表三百餘首詩，幸能整理八十六首情詩結集出版作爲我的第一本詩集，來紀念我的愛情生活，同時如能促進天下男女之戀情，也未嘗不是行一善事。

註：《手套與愛》詩集（故鄉出版社，六十九年六月）

硬著頭顱，不肯破裂

〈竹〉於十六年前，即民國六十七年出生。它雖非我所有詩作中最差的，但也不是我最滿意的孩子。生產這首詩時，我剛升上中文研究所碩士班二年級，它發表在六十七年十二月十日出版的《創世紀詩刊》。多年來，我一直有一個疑問：在諸多新詩刊中，在諸多新詩集中，爲何它幸運地被選上？

這疑問直到最近與國中國文課本編輯小組委員董金裕教授初遇，我冒昧請問才得到答案，原來是曾任教於政大中文系的詩人李豐楙教授大力推薦的。我自五十九年正式對外發表詩作，至七十七年〈竹〉一詩被選入國中國文課本第六册爲止，已有十八、九年的詩齡，此期間發表相當多的詩作，其中不乏佳構，但未必適合充當教材；客觀而言，這首雖非上乘之作的〈竹〉倒頗合國中師生的胃口。這幾年我在中部數縣市從事國中國文教學輔導，國文老師對〈竹〉多有好評，輒使我受寵若驚。

也因爲我是課本課文的作者，七年來我在國立彰化師大任教，受到學生的注目。國文課文的作者多半已作古，而〈竹〉的作者居然仍未駕鶴西去，這的確令學生驚奇而又感到新鮮有趣。有些學生甚至對我說，上我的課，好像置身於古代，可見他們不把我當活人看。

常有國中國文老師及學生問我創作〈竹〉的動機、背景及該詩本意。雖然創作動機不一定是詩旨，而讀者的詮釋也不必符合作者本意或詩本意，但是，一般國中師生未必接受、了解這些新的文學理論。因此，我還是就動機、背景及詩旨稍作說明。

創作〈竹〉一詩的前後數年，我住在陽明山。陽明山多竹，尤其我租的房子四周，舉目皆是綠竹。我常見一大片竹林，竹子的兄弟姐妹、父母伯叔，在多風雨的陽明山展現他們一身傲骨和欲滴的翠綠。和竹子長久相處，和竹子一起喜怒，和竹子對視……，竹子已與我合一。

無竹令人俗。俗士不可醫。是的，有竹使我自覺高雅，竹對我的成長確有引導之功。竹子有節，筆直向上，四季常綠，在風吹雨打中，在冷冽的季節裡，它仍奮力「向天空／步步高升」。面對擁有多種特性的竹，我思考，我描述，將它寫入詩中文中。

在〈竹〉一詩中，天，成爲一種象徵。綠，也成爲一種象徵，風雨也是。竹，更是一種象徵。細瘦的竹站在最冷最險惡的朝代，一個個活像忠臣烈士，剛毅不屈，勇於向惡勢力挑戰！

〈竹〉一詩與其說是肯定、歌頌竹子的優點、特徵，不如說是對忠義之士的一種期許。然而，我年歲愈大，當年的那份期許卻逐漸落空！這人世上，忠貞不二、見義勇爲，絕不向惡勢力低頭的人越來越少了。儘管社會汚濁、環境險惡，但我至今仍堅持以竹子爲效法的榜樣。

以上是筆者現身說法，簡介〈竹〉詩的作者本意和詩本意。但願讀者詮釋此詩時萬勿受拙見影響。

讀者、評論家解詩不合作者本意或詩本意，這點我並不反對。我甚至覺得西洋的「接受美學」、「讀者反應理論」有可取之處。羅蘭・巴特名言「作品完成，作家死亡」，亦不無道理。但是，隨便解詩，對詩作極不合理的詮釋，這種現象我相當反對！倘若分析一首詩而出現漏洞，而無法自圓其說，不能言之成理，卻仍自信其說法正確無誤，那麼，雞猫鴨狗也都是一流的詩評家了。「國文教師手冊」第六冊中，引用某詩評家評論「竹」詩末節的意見：

第三節强調「卽使最冷的朝代／你仍然筆直堅持／站在雨裡／父母兄弟都是／這樣的

個性／永遠硬著頭顱而／不肯破裂」；由「最冷的朝代」，「仍然筆直堅持」，「父母兄弟都是／這樣的個性／永遠硬著頭顱」，以及前面綠竹的暗喻青史，這結尾中暗示的人物，應是文天祥「正氣歌」中的「在齊太史簡」了。若然，齊太史因直書：「崔杼弒其君。」被崔杼叛賊所殺者三人的史實來看，最後一句「永遠硬著頭顱而／不肯破裂」便有斟酌的必要了。因為齊太史被殺者三人，他們的「頭顱」怎能「不肯破裂」呢？

我之所以不厭其煩地抄錄這一大段話，因爲不論站在原作者或讀者的立場，這段話均使我一頭霧水。綠，象徵竹子一生的忠貞，此乃竹子一生想對人說的理念，此亦可輕易地在忠臣傳裡讀到。拙詩並未以綠暗喻青史。而末節是物我雙寫的詠物技巧，「我」可以是我本人，也可以是任何忠臣，且並不限定哪一位忠臣。從任何角度看，末節所寫的「我」，都不可能與「在齊太史簡」有關。

這一大段話出現在教師手冊，十分不妥，已誤盡全國國中國文老師。倒是手冊中引錄《中學白話詩選》那段話說得頭頭是道。

希望來日手冊再版，能去蕪存菁，同時希望國中國文課本第六冊再版時，能將拙詩每行行末的標點符號刪除，恢復本來面目。尤其是第一節末五行：

也只有緣，
才是你一生想說的，
那句話。
在忠臣傳裡，
才能讀到。

「那句話」其實是前兩行與後兩行的「橋樑」，也就是說，它是後兩行的「開頭」或「主語」。然而，編輯委員在「那句話」下加個句點，使「橋樑」斷了，使這五行產生文句不通的現象。原詩並無任何標點，不知情者必誤以爲我不會寫詩，不會使用標點，因此我雙手合什，盼望這個標點符號惹的禍能迅速消失，我含寃得白。

——刊八十三年五月十二日《中央日報》第十五版

渡也與竹

■國中國文課本第六冊第三課〈竹〉詩作者陳啓佑（渡也）教授，於八十二年十二月二十六日應邀至高雄阿蓮國中參與學生座談會，會中同學對〈竹〉之創作動機及其所欲表達的意念極感興趣，以下即是座談會問答的節錄。節錄中的問題也是讀者、國三學生常提的問題，特在本刊刊出，以饗所有的讀者。

問：你是在何種情況下寫〈竹〉這首詩？

答：這首詩是在大三時寫的，我少年時個性耿直、嫉惡如仇、是非分明，喜歡仗義行俠，我想表達此種心態，所以選擇了有多種優點的竹來表達自己的心態，這完全是個人生活環境的體驗，所以用竹表達自己。

問：爲何只有綠才是竹一生想說的？

答：竹雖然也有黃色的，但一般而言，竹子以綠色爲主，到老仍不變其顏色，綠有美好之意，因而在此詩中綠具有象徵。而竹本身還具有許多優美的特性，如中空代表謙虛，環節代表節節上升，所以在此處透過擬人的修辭技巧，將其比擬成人，藉竹來比喻高潔者。

問：爲何〈竹〉一詩中說「去鄭板橋畫裡」，而不去別人的畫中？

答：我所以選擇鄭板橋是因爲他具有代表性，在這首詩中必須有氣節的人才能與竹相配，而鄭板橋正符合這個條件，再加上他以畫竹著名，故選擇他。如果換成張大千就不恰當，因爲張大千不是以畫竹聞名，而是以畫山水爲主。

問：請問你寫此詩時的心情如何？當你的詩刊在國中課本時有何感想？

答：自己有一首詩被編在全國性的教材中當然很高興，不過有一點疑惑的是這首詩在編入教材的隔年才有人跟我提起此事，編譯館事先並未通知我，此種作業方式實在有問題，應事前通知，對作者而言是一種禮貌，甚至讓作者能有所選擇，看是否有更好的作品可提供、可取代。〈竹〉在我的作品中並不是最好的，當然也不算差。另外有一件事與余光中先生有關，國中課本中，本來選了一首余光中的〈鄉愁四韻〉，但現在已被〈一枚銅幣〉一詩所取代，據說其中原因就是兩岸將要統一，〈鄉愁四韻〉這首詩大陸高幹看了會不滿，所以被換掉了，換成〈一枚銅幣〉，換此詩時也未經余光中同意，余光中對此事也十分憤慨，曾表示越選越差，選〈鄉愁四韻〉時已不滿意，更不要說〈一枚銅幣〉。他有很多很好的詩，如〈白玉苦瓜〉就沒有入選，竟然選了一首更爛的。〈一枚銅幣〉的確不是很好的詩。

問：爲什麼想要用「竹」來讚美忠臣烈士？

答：〈竹〉這首詩是我大三時的作品，當初我寫這首詩是寫我自己，且以忠臣志士比喻竹，剛好和國中課本「題解」的說法相反，但國中課本的說法我們也不能說它錯，因爲他是從另一個角度來看這首詩。我們讀古文時也常看到此種情形，如《論語》中有一句「里仁爲美」，不同的解釋就有一大堆，散文如此，更何況詩是含蓄的語言、濃縮的藝術，所以可以有不同的解釋，但要能自圓其說，如果說竹是讚美盜匪，或把它解成以竹歌頌狗就說不通了。我在中部地區對國中國文老師輔導時，常強調不要把詩、詞的答案定於一尊，譬如杜甫的〈秋興八首〉，就有許多不同的注解，爲何有如此多種的注，就是因爲可以有不同的看法，若只有一種答案，其他注家就不必再注解了，古人早就了解這一點。我們讀新詩也應如此，不可僅限於一種說法，那是不合理的。

西洋文學理論史最早是以作者爲主，在研究一首詩前必先了解作者的生平事蹟、寫作動機、幾歲寫的、祖父是誰、曾經做過什麼官等等，做了這些研究後才開始去了解這首詩。以後發展到以作品爲主，卽不管作者是誰？身世背景如何？一開始就分析此詩。近幾年英美文學理論學者更主張以讀者爲主，卽讀者反應理論。經過此三大轉變使讀者變得最大。且讀者就是作者，這話怎麼說呢？卽讀者重新詮釋作品，只要說得合理，可以不管作者的創作原來含什麼意義，讓讀者變成爲第二個作者，故讀者來讀〈竹〉這首詩時，他卽是渡也B或渡也C，只要解釋得合理就可以了，所以像編譯館的解釋與渡也本意不同，那是渡也B，我也接受課本的看法，此卽是以讀者爲主的文學批評理論之一。現在國內也逐漸受到這種思潮的影響，故有人云：「讀者復活，作者死亡。」——卽使作者，包括渡也在內仍活著，但批評家仍可說渡也已死，因作品已是獨立的個體，有其生命的，已不屬於渡也的，讀者可以重新詮釋，那讀者卽是第二、第三個作者。這個問題我就簡單回答到此。

問：爲何選「竹」作題材，而不選其他東西？

答：作家在創作時選擇題材有幾種情況：一種是偶發的，隨手拈來，並無特殊意義；一種是選擇生活中較爲熟悉，並能賦予特殊意義者。我之所以選「竹」，是因爲竹外形筆直，可用來比喻忠貞者個性耿直；竹的質地堅硬，可比喻有骨氣的人；它的環節則表示節節上升，奮發向上，有氣節。中空則代表謙虛。竹有這些優良的特性，所以選「竹」來表達心中的意念。國中課本編者說此詩是用「竹」比喻忠臣志士，而我當初寫這首詩的動機並非如此，是以忠臣志士喻竹。此詩實際上是寫我自己。

問：〈竹〉在這首詩中爲何要在「向天空」的下面加逗點，而不一氣呵成直接說「向天空步步高升」？

答：這個問題問得很好，可見同學也發現了問題。這首詩最早發表在《創世紀詩刊》，後來我把它收入《憤怒的葡萄》詩集，由中國時報出版社出版。我平時寫詩，在詩行的結尾很少加上標點符號，二、三十年代的作家，如徐志摩等人，他們在創作時喜歡在每一行下面加上標點符號，這純粹是個人的喜好。我在創作時，除非在行中要斷開才加標點符號（或是空一格），否則很少加標點符號，我不知道國立編譯館的編者爲何擅自加上？

此種行爲是不禮貌的，沒有尊重原作者，且違反著作權法。我的原文應當是：

向天空
步步高升

因爲加了標點符號，因此又產生一個問題：

也只有緣
才是你一生想說的
那句話
在忠臣傳裡
才能讀到

「那句話」下面原本也沒有標點符號，但國立編譯館加上「句點」，句子就不通了，因爲「那句話」本來是下開下面兩句，也就是當

在忠臣傳裡
才能讀到

的主詞，國立編譯館把這句點一加，使得上面三句的意思完整，而下面兩句：

在忠臣傳裡
才能讀到

究竟是什麼在忠臣傳裡才能讀到，句子便不通了。也就是說原本「那句話」是作為

也只有緣
才是你一生想說的

和

在忠臣傳裡
才能讀到

之間的橋樑，即使要加也只能加逗號才合理，我也曾向編譯館反映過，但並未改進，另外有一點與這個問題有關的，就是把

向天空
步步高升

合爲一行也可以，這是作者的選擇。

也只有沿著堅硬的環節
向天空
步步高升

我之所以分成三行的原因是爲了模擬竹子慢慢向天空高升時的速度感，所以分不分行作者都經過考慮。美國有一位詩人曾描述皮球從階梯跳下來的情況，余光中先生曾將該首詩譯爲中文，在文字安排上就是一個字一行：

蹦
蹦
跳
跳
下
階
梯

這種排列方式就是在模擬皮球下階梯的狀況，給人的印象好像球眞的蹦蹦跳跳地下了階梯。如果我們把它合併爲一行也未嘗不可，但未若原詩的排列來得傳神，此爲作者的考慮。我之所以分爲三行，主要也是要描寫步步高升的感覺，有時分行也只是爲了如此因素而已。

問：爲何以「渡也」爲筆名？

答：我讀初中時日本片可以在臺灣上映，後來爲了保護國片才遭到禁止，當時有一日本男影星叫渡哲也，他曾與石原裕次郎合組公司拍警匪槍戰的電視影集。當年他專演黑社會角頭老大，但卻是個除暴安良的人，我非常喜歡這個角色，我認爲爲人要正直，且要能除暴安良，所以非常敬重他，雖然他只是個影星。我將「哲」字去掉，用頭尾二字，此爲第一個原因。此外在中學時期我讀了不少佛經，雖然那時是囫圇吞棗，但也期盼自己能普渡眾生，「渡也」有渡人的意思。第三個原因就是我的母親是日本人，「渡也」二字很有日本味，我很喜歡。我的身世與鄭成功有點相似，但是我的父親可不是海盜喔！

——八十三年十月一日《國文天地》

寫詩秘訣

我寫新詩已有二十五年的歷史。打從高二起，在報紙、雜誌上發表詩作，尋找自己的路，吟唱自己的調子，二十五年歲月如此飄逝，但留下一些足跡——千餘首新詩。近十多年來，我也寫詩評、詩論。近幾年，從事新詩教學。在新詩創作、評論、教育方面，我當然有經驗。

在此文中，我希望大家來分享寫作新詩的經驗。元好問有一首詩云：「暈碧裁紅點綴勻，一回拈出一回新，鴛鴦繡了從教看，莫把金針度與人」，刺繡絕活從不教人，只許給人看繡出來的成品。而我卻「欲把金針度與人」，欲將新詩創作祕訣坦誠相告，供大家參考。大家都會寫新詩，人人都來創作新詩，新詩就不會寂寞了。

有些人會直搖頭，表示他們根本不會寫詩，沒有這方面的細胞。其實，我認爲每個人皆有「詩性」，就看你怎麼開發它，如同人人都有「佛性」。

「這裡我不談高深的原理，我想具體的、實際的、淺顯的方法及例子、解說，對各位較有益。寫詩其實很簡單，就像玩電動玩具一樣，一學卽會。我把寫詩的竅門、要點，以下列幾句話表示：一、換句話說。二、見好就說。三、說好話。四、見好就收。接著便按這四句話分別舉例並加以解說。

一、換句話說：所謂換句話說，卽是將散文的句子換一句說，說成詩句，譬如「我在雨中回家」，乃一句散文，可改爲：

雨帶我回家

或者：

我帶一場大雨回家

又如「你是我永遠的依靠」，是散文句子，可改寫成：

你是我永遠的枝幹

或者：

你是我永遠的糾纏

大家比較改寫前後的句子，何者較富詩味？

二、見好就說：所謂見好就說，意指見到不錯的、特殊的題材或題旨才寫，避免人云亦云。文學、藝術創作，有些道理是相通的，儘量避免不好的、太平凡的題材或主題卽是共通的原則。如果題材不特殊，那麼主題特殊可以救濟此一缺憾；倘若主題並非異於尋常，則題材最好不尋常。

纏綿緋惻的男女之愛，刻骨銘心的兒女之情，此一主題自古以來幾乎每位文人皆描寫過。現代女詩人夏宇亦常以愛情爲主題，但表現不凡，例如其〈甜蜜的復仇〉一詩：

把你的影子加點鹽
醃起來
風乾

老的時候
下酒

乍看似寫恨，其實寫愛。愛得想把情人吞下，不但如此，不但在乎曾經擁有，還在乎天長地久，想在晚年時，一面喝酒，一面回味情人。請問在這首詩之前，有誰寫過這種題材？用這種方式表達？此外，夏宇的〈愛情〉、〈疲於抒情後的抒情方式〉等詩，題材均特異，與眾不同。

三、說好話：這裡的「好」指美、具有詩質的意思，與前述「見好就說」的「好」不太一樣。所謂說好話，乃是說漂亮的詩句，前面提到的換句話說、見好就說皆須以此為目標、理想。光是換句話說或見好就說，而不要求說好話，則有可能造出非詩的句子，寫出不美的句子。前面提到的「我帶一場大雨回家」、「你是我永遠的糾纏」即是「換句話說」所說的「好話」。

以下再舉兩例說明。有一句描寫沖泡春茶的佳句：

泡一壺春茶的滋味

可以使它更美、更有力量：

泡一壺春

彰化師大特教系館四樓某教室後面有一標語：

樂觀的人
在每種憂患中
都會看到一個機會

可以加強，改爲：

樂觀的人
在每種憂患中
都會看到一個朝陽

變成三句「好話」，具有詩質。

四、見好就收：所謂見好就收，即是點到爲止，勿流於露骨。套俗語來說：寫詩只說七分話，未可全拋一片心。自古以來，詩貴含蓄，詩如果把話講滿，毫無回味的餘地，詩便不成其爲詩。例如在「我帶一場大雨回家」之後又加一句：「全身都淋濕了」，或者在夏宇那首詩「下酒」句後加上「回味」兩字，皆顯得露骨、直接，如此讀者沒有聯想的空間，詩味全失。

進一步而言，也不能只說三分話。詩寫得太含蓄，讀者如入五里霧中。六、七十年代詩壇有不少作品，「收」得太快，以致讓讀者猜不透詩意，造成晦澀。

因此，過與不及，皆爲寫詩大忌，詩的表達宜以適度爲原則，見好就收，適可而止，那麼讀者既看得懂，亦可享受言外之意，回味無窮。

以上四點祕訣，只是諸多寫詩祕訣的一部分，並非全部。初學者倘能注意、掌握這四點，勤加練習，將很快進入新詩的殿堂。

——八十三年三月《臺灣詩學季刊》第六期

——八十三年十二月十九、二十二日《國語日報》第五版

新詩的斷句與分行

許多人指責新詩忽長忽短，任意斷句、分行，甚至因此否定新詩。不可否認的，有些新詩之斷句、分行太隨便，成爲敗筆。大體而言，認眞負責的詩人均注重斷句、分行，不敢掉以輕心。他們在斷句、分行時，大都有根據、有理由。據我調查，起碼有五個理由：

一、太長的一個句子，斷爲多句或分成數行。

如夏菁〈復活〉一詩首段：

啄木鳥輕叩著——
冬　冬　冬。
在那棵冬眠的

中國榆樹上。

行：

三、四行可以連成一行，如此則太長，因而分成兩行。又如余光中〈當我死時〉中之一

兩管永生的音樂，滔滔，朝東

將一長句斷爲三句，讀時稍作停頓，不致於喘不過氣來。請注意，這裡所謂的「句」，並非前面所言的「行」。

二、爲押韻而斷句、分行。

爲押韻而斷句的現象，在余光中詩中屢見不鮮。如〈當我死時〉首行：

當我死時，葬我，在長江與黃河

由於「我」與「河」字叶韻，故余光中在「我」字下加一逗點，讀來較具節奏感。不加逗點，固然無妨，但節奏感則較弱。再者，例如羅青〈報仇的手段〉第三招的結尾：

為了殺你
我不惜施展最毒最後的
手段——殺了我自己
因為，這樣
你就安了心，就得了意
就不會再時時刻刻
不眠不休的思我
念我……

末三行顯然是爲了押「ㄜ」、「ㄛ」韻而分行。再強調一遍，此處所謂「句」與「行」含意不同，有時一行正好是一句，有時一行則由數句組合而成。

三、爲了製造視覺效果。

詩人有時想製造視覺上的感受，而刻意將詩特殊分行：

滿艙魚族在浸水中
悄聲
　　歡
躍

（苦苓：漁舟唱）

歡躍兩字當然可合成一行，但詩人苦苓覺得如此則無視覺感受及動感，故安排歡躍兩字各佔一行，且「歡」字低「躍」字兩格，魚羣歡躍的動態於是歷歷在目。又如杜十三〈鞋子〉一詩中的精彩片段：

顛簸、坎坷、崎嶇和蜿蜒
分　　散
頭　　開

此詩描述在舞池隨音樂而起舞的一些鞋子，這些鞋子也曾隨主人南北奔波，諸苦備嚐，現在它們在地板上移動位置。這兩行卽藉句子切割、文字排列來模擬舞池邊舞鞋凌亂的實際狀況。

四、爲了製造時間、節奏感。

時間之流逝有快、慢之異，而節奏也有快、慢之區別，此外有愉快、哀傷之分。巧妙地斷句、分行，能表達上述各種不同的時間、節奏感，非馬〈老婦〉一詩卽是優秀的例證：

沙啞唱片

深深的
紋溝
在額上
一遍又一遍
唱著

我要活
　我要活
　　我要

作者以有紋溝的，聲音沙啞的唱片來暗喻老婦，唱片紋路比喻老婦額上的皺紋，唱片沙啞的聲音比喻老婦氣息奄奄，十分適切有力！第二段倘若處理成兩行亦可：

深深的紋溝在額上
一遍又一遍唱著

而作者刻意分成五行，讀之予人時間、節奏緩慢之感，讓人感受到風燭殘年的老婦垂死的掙扎！形式與內容在此搭配得相當完美。

五、爲了予人似斷非斷、似連非連的效果。

此乃詩人斷句、分行時最大的理由，也就是說，詩人最常基於此因素而將句子切斷或分行。鄭愁予〈最後的春闈〉一詩第二段即有此現象：

> 畢竟是別離的日子，空的酒杯
> 或已傾出來日的宿題，啊，書生
> 你第一筆觸的輕墨將潤出什麼？

「空的酒杯」及「書生」分別是「或已傾出來日的宿題」與「你第一筆觸的輕墨將潤出什麼？」的「主語」，這兩個「主語」均被孤立於上一行行末。讀此段時，會產生中斷的現象，但往下讀，又馬上「連」起來，此即所謂似斷非斷也。大陸詩人何福仁〈八大山人〉末段有一絕佳的例子：

> 而我們看畫
> 畫也在看我們
> 不起，如果
> 我們為了侍奉權貴
> 多長了一隻耳

而且一早就整裝上班

八大山人及其畫境均與世無爭，因此賞畫者也應具備出塵、不俗的胸襟，否則不配當觀眾，否則將被畫輕視。這是何福仁所欲表達的意念。第二行只寫到「我們」便切斷，「不起」另提行。當讀者讀到「不起」時有驚訝之感，原來第二行加上第三行的「不起」，句意才完整。而當讀者讀到「不起」兩字，也會覺得不通，然後再連合上一行一起閱讀，句子才通順，句意才合理。

詩人將句子切斷、分行，不但有其理由，且多半有其目的，一般讀者往往誤以爲斷句與分行均是任意、胡亂爲之，對詩人實有失公允。其實，古典詩詞中亦常存在著與新詩相同的斷句現象，例如似斷非斷的「莫等閒，白了少年頭」及「待從頭，收拾舊山河」，亦有一句切斷爲二的情況，排斥新詩者請重新思考此一現象，此一問題。

——八十三年六月《中市青年》

——八十三年八月三日《中華副刊》

新詩與散文的區別

有些文體有時易於混淆，如散文與小說，或者新詩與散文，往往較不好區分。琦君、張拓蕪的散文，往往既有人物又有對話，容易誤以爲小說。某些新詩，雖然分行，但從文法、技巧等方面看來像散文；反之，某些散文，以詩的手法表達，看來又像詩。

到底新詩與散文這兩種文體的差異何在？如何區別？這篇短文想就此加以說明。以下所言，乃是相對比較的結果。

一、在文法上，詩文法往往是跳躍性的，散文的文法則是因果性的、邏輯性的。

何謂跳躍性的文法？先以舊詩句來說明。杜甫〈江邨〉詩首聯對句：「長夏江邨事事幽」，倘以邏輯性文法閱讀，則江邨這地方本身事事清靜幽閒，江邨在此句中擬人化。當然，如此讀詩十分荒唐！此句文法實屬跳躍的，「江邨」之上省一「在」字，而「事事幽」

之「主詞」亦省略也。張繼〈楓橋夜泊〉次句：「江楓漁火對愁眠」，亦屬跳躍性文法，若誤以爲是因果性文法，則句意「江楓和漁火這二物相對憂愁不眠」，荒唐可笑！新詩中亦常見跳躍性文法，例如鄭愁予〈賦別〉首段前三行：

這次我離開你，是風，是雨，是夜晚；
你笑了笑，我擺一擺手
一條寂寞的路便展向兩頭了。

第一行透過倒裝、省略等技巧，以致其文法具有跳躍性。按照因果性、邏輯性的文法來表達，應爲：

這次我是在風雨的夜晚離開你

又如余光中〈白玉苦瓜〉一詩中的三行：

小時候不知道将它疊起
一任攤開那無窮無盡

碩大似記憶母親，她的胸脯

限於篇幅，這裡只節錄三行，故看不出「它」指何而言，「它」即是中國輿圖。具跳躍性文法的第三行依因果性文法來造句應是：「碩大似記憶中母親的胸脯」。

二、新詩較重濃縮、壓縮，透過去蕪存菁、精煉，透過象徵、比喻等技巧，使詩具有含蓄之美，給讀者較多想像的空間。

因此，新詩比散文在閱讀時費心血。也因此，新詩往往含多義性。

三、詩多用曲筆表達，散文則常用直筆。

曾有一公益廣告呼籲流浪的青少年回家，其廣告標題如下：

讓每顆流浪的心都被愛收留

此即曲筆也。如出之以直筆則是：

讓每個流浪的人都有溫暖的家可回

吾友簡政珍是一位極具實力的詩人，有一次他開車載詩人洛夫去溪頭，一路上車行甚速，洛夫提心吊膽地對簡政珍說：「你開車一路都沒有標點符號」簡政珍笑著回答：「我開車一路都是驚嘆號」，兩位詩人都繞圈子講話，都未採取直接的表達方式。此亦為曲筆也。

四、比較而言，詩是以「點」，且是以「跳點」方式表達，散文則是以「線」的方式表達。

先以舊詩解說，如王昌齡〈芙蓉樓送辛漸〉：

寒雨連江夜入吳，平明送客楚山孤。
洛陽親友如相問，一片冰心在玉壺。

二、三兩句之間，以及三、四兩句之間，皆省略許多敍述，以致其間予人跳躍的、不連貫的感覺。如果以「線」的散文來表達應該如此：

昨夜我來到吳地，寒雨滿江，今晨我送友人上路，楚山看來顯得孤獨。友人要去洛陽，我對友人說你到洛陽後，親友如問起我的情況，你告訴他們，我的心好比一塊冰放在玉壺中一樣純淨明潔。

這段散文便是連貫的，而無跳躍的現象。詩與散文之區別，從而可見一斑。現代女詩人夏宇的詩〈印刷術〉，也是「跳點」的好例子：

但是我們將如何開始我們的早餐呢
如果不先看看報紙

如何把吐司抹上奶油
把火腿煎上蛋

如果伊朗不曾攻打伊拉克
如果美滿吾妻你不逃走

詩分三段，分別就三「點」來寫，各段在意義及文法上均不連貫，如以因果性、邏輯性來閱讀，則不通。

當然，詩與散文的區別，不止上述四點。不過，這四點乃諸多差異中犖犖大者，欲判斷何者爲詩？何者爲散文？這四點相當管用，提供給各位參考。

——八十三年六月十日《中華日報》副刊

寫詩有屁用？

近幾年，包括詩人在內的文壇漸漸走向多元化，文學與文學家的社會參與、政治小說和政治詩的流行等便是顯而易見的事實。

文學與文學家加入社會改革行列，在中國古代曾有過一段漫長而爲人所樂道的歷史。譬如《詩經》可作當時執政者施政的參考。又如漢朝文學家鼂錯、賈誼等人都撰文提出社會改革之策略，像賈誼卽曾向皇帝建議重農，漢文帝大受其文感動，始開籍田，躬耕以勸百姓。再如唐代社會寫實詩人白居易經常在詩文之中善盡其諫諍之責，施鳩堂《白居易研究》一書說得好：

> 樂天諫言，不限上書或面折廷爭，其間接之諫法，亦以借律語託諷諭之意，諷刺時政，以冀明主之顧，為補聖朝遺闕，故香山諷諭詩多者，在中國四千年之間，幾不見

其比也，且香山亦是以為得詩之本旨，直欲以詩資政治之慨也。

逮及宋朝，文人參政，投身社會改革更是屢見不鮮，如司馬光、王安石爲政策而書信往返，針鋒相對，兩者都對社會、國家付予無限的關懷。以上只是順手拈來的例子，這些文人、作品所提出的政見，大多得到採用與實施，政治上之功用委實不小。這種古代的好景、盛況，吾雖不能至，然心嚮往之。

而今日，在臺灣，企圖把筆當劍，似乎不可能。換言之，以文學來改革社會，此時此地，不可能達到。擅長寫政治詩的林華洲於〈詩與現實・中部座談會記錄〉（《笠詩刊》第一二〇期）中曾提出一個幻想，他說本國橘子無人採收，因爲「收了不夠工錢」，因爲外國果汁大量進口，詩人目睹此事，就應寫詩抗議，以詩來改變政府進口果汁之政策，這眞是一個夢想，沒想到這位寫「現實」的詩人如此天眞無邪，居然不知道「現實」。政策絕不會受一首詩影響，這就是「現實」。詩人關心橘農，但無能爲力，這就是「現實」！以詩來改變政策，在古代，在白居易的時代很可行，而在目前，卻是一個天大的笑話。這實在使人痛心！

現代詩人擔負起對社會的責任，苟有事時，不枉忠直，侃侃謇謇；甚至奮不顧身，借詩以託諷諭之意，盼能見納於當政者。一片赤忱，一番忠言，卻不受重視、採納，所以，詩人便起了疑問：寫詩有屁用？

此時此地，寫詩爲什麼沒有用？身爲詩人的筆者經常思索此問題。細究之，原因當然很多也很複雜。「文學反映社會」的傳統從古代一直流傳至今，但是，執政者取文學爲施政之參考，這個優良傳統卻留在古代，並未傳下來。此外，現今之文學環境異於古代之處尚有不少，例如執政者或政府官員並不好文，今天握有實權之士極少從事文學創作者，古代則正好相反，諸如歐陽修、范仲淹、司馬光、王安石等人均是從政的文人。而如今從事文學創作者，每每於詩文中提供改革之方，皆因沒有實權而無法實踐理想，換句話說，文學於現代根本不能參與社會改革活動。

今天詩人的作品本身雖已多元化，然而仍停留在黑暗面如下階層的困苦，自然生態保護、環境污染、政治缺失等方面的抗議與呼籲，也就是說，理念、建議與不平之鳴，僅留在紙上、筆下，並未改變任何政策。

誠如上述，如今文學的功效有多大呢？主張「文學有用論」的人一定會說文學大有妙用，文學足以陶冶性靈、提高生活品質、喚醒人性、帶給人類希望。除此之外，還有什麼功用呢？在尖端科技，高度文明的二十世紀，文學不要說拯救世界，連拯救國家甚至社會都不可能！詩人桓夫在〈寫詩有什麼用〉一詩開頭即感嘆：

沒什麼好寫的
像這樣的人間世　只有
讓豐收的香蕉堆積著腐爛下去
誰也不憐憫一聲
誰也不叫屈一聲
寫一大堆也沒有用

關懷社會，熱愛老百姓的人竟也對人民的「冷漠」，社會的無知感到心灰意懶。當你寫詩為蕉農申冤，竟連蕉農也對你的詩無動於衷，相信你的心也會涼了半截。桓夫在此詩結果更進一步沈痛指出：

不現代的現代詩改變不了人生
改變不了社會風氣

解救不了民族氣質
推動不了國運
詩瞑目著
不暢流　寫詩有什麼用！

詩人之所以對文學功用深感沮喪、絕望，由於他不了解或未看透此時此地文學在政治上的功能幾近於零，文學功效最低而作家的無力感最高最大，詩人知否？

因此，筆者常進一步思索，與其讓意見、憤怒停在紙上、筆下，空有爲民喉舌之心，匡濟之志，還不如從政來得實際而有效。或者，降而求其次，從事實際的社會參與工作。茲舉一例說明，如煤山、海山煤礦災變發生後，詩人或詩團體、詩社，除應寫詩向各有關單位抗議並爲罹難者及家屬叫屈，尚可解囊捐款、舉辦與事件相關之活動、聯合各團體集體作實質上之抗議等。如此一來，讓抽象的詩成爲具體，讓意見成爲行動，讓墨水化爲一股力量！畢竟八〇年代是詩的多元化時代，除了詩本身的多元化實在仍嫌不足，還需詩人本身的多元化！

——七十三年九月二十九日《民衆副刊》

南鯤鯓論劍

第五屆鹽分地帶文藝營於八月二十一日起，仍在南鯤鯓廟舉辦，爲期四天，濟濟文才，共聚一堂，確是盛會。本屆文藝營安排一場精彩的座談會，討論主題爲「現代詩的再出發」，意在廣開言路，集思廣益，爲現代詩擬出一條新途徑。表面上看來，似乎可談出現代詩的「生機」，事實上，反而隱伏一個「危機」。

眾所周知，十多年來的現代詩與六、七十年代晦澀的、貴族的詩作相較，實有天壤之別。拓廣題材、邁向社會寫實或鄉土、語言平淺明朗等，咸爲十幾年前所未曾目睹的特色，十分可喜。於詩之推銷上，詩評家與詩人皆盡力而爲，例如平易近人的導讀或賞析文章紛紛出籠、詩和民歌的密切結合，以及詩獎的設立等美事，促使讀詩、寫詩的人口劇增。詩本來卽源自民間，屬於民間，將詩還給民間乃理所當然的事。六、七十年代詩壇盛行劃地爲界，看得懂詩者才是界內人，看不懂的一律爲界外人，詩人不必對界外人彈琴。宛如某些戲劇一樣，把舞臺視若一個「鏡框」，將觀眾和演員一刀兩斷，分隔得一清二楚。八十年代，這種壞現象逐漸消失，詩人開始了解讀者的重要性及如何尋找讀者，畢竟詩要到讀者眼中心裡才算完成。雖然少數詩人矯枉過正，寫詩質全失、平淡易解的作品。以便博得大眾的青睞與掌聲，但大抵而言，近十年來的現代詩遠比六、七十年代的詩作更令人擊節歎賞。而在這「詩通人和，百廢俱興」期間，常有人不滿現狀，譬如《陽光小集》詩雜誌，今年夏季號即將推出「現代詩的再出發」專號，開口閉口便命令現代詩「再出發」，眞令人大惑不解。

所謂「再出發」，顧名思義，表示對現階段的否定、反動、突破，企圖另闢蹊徑。換言之，「再出發」絕非毫無變革地繼續走下去，未背叛、革命現階段之新詩，不足以曰「再出發」。至於主張「再出發」的反動者，起碼心懷下列兩種心態之一：一、目前已到達一個佳境，爲追求更美好的前途，是以必須再出發。二、所到之處環境惡劣，非迅速離開不可。

誠如上述，近十年詩壇乃立於一個還算不錯的目的地，得來匪易，且經營時間短暫，尚未成氣候，輕言放棄誠屬不智之舉。而且站在文學史線上觀察，每三年來一個大反動，每五年搞一個大革命，使來臺以後的新詩期顯得千變萬化，亂七八糟。百年後研究此一反覆無常的新詩期的學者，勢必眼花撩亂。進一步而論，現階段即使存在著錯誤或令人不滿之處，皆屬細節，尚未落到令人惶惶不可終日的地步，何故急欲出發？

我總覺得詩人或詩社，往往在擁抱一個新觀念的同時，便澈底推翻其他的觀念，由於急著再出發，便說現階段壞透了，一口否定之。

果眞情勢緊迫，十萬火急，不「再出發」會生病，那麼請問要到哪裡？目的地是鹽分地帶？或者大臺北？走康莊大道抑是羊腸小徑？甚至徒步還是搭車等諸問題都宜先確定。而最不容疏忽的是，身體之健康、心態之正確、糧食之充足與否。迨一切問題均解決後再出發，才不虛此行。那麼我也願在現階段的原地向「再出發」者揮手，希望此去不是「駕鶴西去」的「一別千古」。

總之，大有撥亂反正的意味的所謂「現代詩的再出發」，委實不合時宜，言之過早。現階段的詩壇猶需幾年的維持、守成與儲備，在「原地」成長，俾成氣候，蔚爲大國。因此，操之過急的「再出發」將導致前功盡棄。寫詩已十四年的我在此特別懇求，千萬拜託，敬請喜歡搞革命的詩人勿「再出發」，何況是無萬全準備的「再出發」，我體弱多病，實在走不動矣。

——七十二年九月十八日《商工日報》春秋副刊

詩評家的謬誤

一般所謂的文學評論，應該可以釐分爲好幾種，但是大要不外這種二分法：批評與理論。批評一詞，簡單地說，即是不以個人的感受爲出發，也就是客觀的對一文學作品作概括的說明，或者直接下價值判斷。理論一詞則是指文學的普遍的原理、原則，它並不具有批評的內容和功能。以詩評論爲例，顏元叔的〈析「江南曲」〉屬於批評一類，而他的〈認知與詩創作〉一文則是理論，再舉蕭蕭的評論文章來說明，他的〈略論現代詩的小說企圖〉無非是理論的建立，而其〈商略黃昏雨——初論「無岸之河」〉便屬於批評的範疇了。

這篇短文的箭頭乃是指向批評文章，更確切地說，指向詩評。詩評家的責任應該是指導詩人和讀者。如果詩評產生差錯，便會使人誤入歧途，同時也失去詩評的崇高意義。以下即是企圖舉出幾個詩評家所犯的嚴重錯誤，以免讀者繼續受害，同時也期望擁有某些錯誤觀念的詩評家一齊來關心這個問題。此短文的主要目的端在乎此。

第一個例子發生在李瑞騰〈「黑色」與「夜」——釋方思的兩首詩〉（載於《中華文藝》第十三卷第三期）。李瑞騰對方思〈夜〉一詩中的「就像掩映著剪碎碧空的鳳凰木的池／止水不波／蔭影卻光可鑑人」三個詩句，作了如下的評述：

> 鳳凰木的蔭影映在靜止的池面，蔭影是黑色，「卻光可鑑人」，這種傳統詩中所謂「反常合道」的詩趣，正是運用出奇的聯想，將客觀的事物現象，經過重新經營改造所完成的完美秩序……，詩論家以為，這種「既謬且真」的情境，可使「其他的分歧多樣的經驗和感覺意象先後不斷地回歸及發自這個情境，使到意象及意念之間有一種互為暗示的相尅相生的作用……」，方思在傳達「黑色的神秘」上卽是這種表現手法的發揮。

李瑞騰在這段文字中引用了本師黃永武先生和葉維廉的理論，理論本身並沒有錯失，問題則出在李瑞騰「引喻失義」上，換句話說，把這種「反常合道」和「既謬且眞」的理論直接套在「蔭影卻光可鑑人」句上，顯然是「矛盾」，也顯示李瑞騰對由「黑色」蔭影的掩映所形成的「黑色」的池面觀察不夠細微。其實上述方思的三個詩句只是直接且實際描寫眞實景色而已。黑色的大理石柱或者污黑濁穢的水溝，乃至於黑色的池面之能映照人、物，並不是「反常合道」，相反的，乃是「合情合理」的眞實情況，何「謬」之有？何「反常」之有？基於物理、化學原理，上述三種情況皆能產生類似於鏡子的映照作用，乃是不爭的事實，方思面對黑色池面所作的眞實描繪，毫無「運用出奇的聯想，將客觀的事物現象，經過重新經營改造所完成的完美秩序」的這種處理技巧存在。李瑞騰如果不相信，不妨臨有蔭影的黑色的池面而立，即可知曉。

第二個例子發生在顏元叔身上。顏元叔評詩往往失之於武斷，這是有目共睹的。這裡所要指出的並非他的武斷之處，而是他對中國聲韻學基本觀念的完全無知。他在〈中國古典詩的多義性〉一文（收入顏元叔先生所著《談民族文學》書中），對六朝詩人王融的一首樂府詩〈自君之出矣〉從事音響結構的探討，居然以羅馬拼音符號標出這首詩的現代國語音讀，且從此現代國語音讀出發，言之鑿鑿地討論此詩音響上的種種優點。無論其論點如何精彩，皆是荒謬的。因爲現代之聲韻雖然局部保留了中古時代的聲韻原貌，但大抵而言，現代與中古之聲韻之間顯然有一大段差距，這是所有的中國聲韻學家一致同意的。讀古詩，固然可以現行標準國語吟哦，但若欲探討古詩人作詩之際對音響所作的努力，必須以古代聲韻標音，方才能得其本來面貌。這道理十分淺易，我們總不能以現代之摩托車或朋馳車速來推測古代車馬的速度。古代車馬自有古代車馬之速度，二十世紀車子自有二十世紀車子的時速，二者截然不同，並非二合而一的。陳芳明在〈細讀顏元叔的詩評〉一文（收入陳芳明著《詩與現實》一書），對顏元叔的這項缺失，只提出這樣的懷疑：「姑不論以羅馬拼音來分析中國文字的音響是否可行……」，事實上陳君對聲韻學仍是不知不覺的。這樣可笑的謬舛，至今居然沒有人發現，令人擲筆三嘆。這裡無意責備顏元叔，畢竟他攻讀的是西洋文學，但這種以現行國語音讀來撢究古詩之音響的錯誤方法，一直未被中文系出身且又寫現代詩詩評者所發現，實在令人感到心痛。

第三個例子出現在陳鼓應撰寫的小冊子《這樣的「詩人」余光中》裡。近幾年來，詩評家之武斷，宜推陳鼓應爲其最。下面隨意舉他的一個例子以概其餘：

> 余光中始終無法在中國的土地上安定下來。〈公墓的下午〉這首詩上道出了他的心思：「總有一種精美的激動，到秋季似乎就要遠行。」當然，這只有「高等華人」才有這樣「精美的激動」，我們這裡的人羣：漁民在日落時就要出海撒網，農民在黎明就要荷鋤耕作，工人在早起時就要趕上班。

陳鼓應顯然不懂詩而強作解人，其結果便淪於妄猜胡扯和斷章取義，這樣的評詩方式如果成立，以後誰也不敢在詩中提到「出國」二字了，而且，所有的留學生或在外國的中國學人都「有罪」了。陳鼓應的目的並不在誠懇地分析余光中的詩，而是惡意地攻擊余光中的爲人，所以他每一發現余光中詩中隻言片語對余氏不利，卽據以爲證據，陷余氏於不義。而陳鼓應根本不考慮這隻言片語在整首詩中的意義和作用，詩評家斷章取義，莫此爲甚。

——六十七年八月十一日《愛書人》

嘉雲南地區文學獎

——新詩決審報告

六、七十年代的新詩有一些共通而普遍存在的疵病，例如內容上的晦澀、空洞，形式上的過度雕琢、強調技巧等，使讀者對新詩莫測高深，心存敬畏。當時的詩烏烟瘴氣，氣氛惡濁到令讀者，甚至詩人自身皆難以呼吸。緣於此，近十年來的新詩形成一個「反動」，另闢谿徑，開創其他活路。這是文學發展的必然現象，朱光潛對此種文學現象，曾有獨到而精闢的見解：「從文學史看，文學到了專在修詞家所謂『辭藻』上，顯雕蟲小技時，往往也就到了它的頹廢時期。」（〈文學與語文〉）以目前的新詩而言，總算是「山窮水盡疑無路，柳暗花明又一村」。

近十年來的新詩，大抵而言，不賣弄技巧、語言平淺明朗，且致力於共相、社會性、大我的描寫，唯其如此，詩才具有社會功能，才能推動社會的進展，甚至帶領人類向光明的遠景邁進。

基於上述論點，嘉雲南地區文學獎之主辦單位，在徵文辦法上所規定的宗旨，頗具眞知灼見，就時空背景、文學潮流而言，此宗旨相當正確、適切。而參加文學獎的作品，十之八九乃是針對此宗旨而發揮的。

新詩決審作品凡十一篇，其中「燈仔花遺事」與「假設舉首，是美」二首，均屬純抒情小品，描寫小我之情，與其他具有大我、社會性的詩相形之下，顯得薄弱。除了上述兩首情詩外，餘均切中文學獎宗旨，即「反應社會變遷，呈現鄉土風貌，發揚中華文化，寫出眞正的人性，且落實在嘉雲南的地理背景上。」

在此必須特別聲明，筆者不是說鄉土詩或社會寫實詩才是好的，也非指情詩便是壞的。畢竟，鄉土社會或愛情皆非衡量一首詩之優劣的「標準」。一首鄉土、社會詩必須具備某些成功的條件才能稱爲佳構，情詩亦然。但是在同屬於好詩的情況下，一首鄉土、社會詩和一首情詩相較，情詩自然顯得單薄一點。

入選的前三名與佳作，共計六篇作品，此六首雖未臻及「筆落驚風雨，詩成泣鬼神」的成就，然而已有很高的成績。這些詩都十分寫實，正好可區分爲兩類，一是批判都市文明，一爲描寫鄉村變遷或呈現鄉土風貌。

近十餘年來，臺灣由農村社會步入工業社會，工商業突飛猛進，農村反而逐漸貧窮、沒落，形成農村轉型期。美滿、安祥、樸拙的昔日農村，如今已失而不可復得。〈阿土伯的黃昏〉、〈我們氏族的圖騰〉、〈吳鳳的路上〉以及〈孩子！你要用功唸書！〉等四首即取材於此。農民所得偏低、生活艱困，因此農民被迫流亡到都市討生活，造成農村蕭條而都市發達。而加速繁榮的都市卻是藏污納垢、聲色犬馬、燈紅酒綠之處，社會問題叢生。如果說昔日農村是樂土的象徵，則現今的都市可謂罪惡的象徵。〈嘉義・一九八三〉與〈中元節的雨〉二首詩即是對醜陋的都市及其科技文明加以批判。

以下簡單分析這六首詩。首獎〈阿土伯的黃昏〉透過堅持務農五十年的老人的心眼，和盤托出農村的無力感和樂園的失落。平淺而傷感的詩句的一以貫之，加上長篇大作，使此詩氣勢持續、旺盛，這是此詩討好的主因之一。普遍的原型象徵，如象徵死亡的「夜」、「秋天」的巧妙運用以及阿土伯名字「土」字的有意安排，足見作者細心而不露痕跡之處。「夜」「秋天」意象頗能配合主題——樂土的失落。「土」字用在一生務農與農地為伴的老農身上則相當貼切，因而阿土伯的黃昏也意味著農地不復往年的風光。這些技巧的安排，十分自然而不造作，譬如煮鹽水中，無跡有味。謝榛評古詩十九首云：「句平意遠，不尚難字，而自然過人」（《四溟詩話》），此詩亦足以當之而無愧色。〈我們氏族的圖騰〉一詩題材特異，發前人所未發。作者設身處地站在被宰的牛的立場訴說一生的歡樂與苦難，事實上，牛已和人合爲一體，二者命運渾然不可分解。從而可知此詩含意深遠，發人深省。更進一層而言，無辜的牛的被宰亦暗喻純樸的田園業已淪喪。結尾則富有筆直上升的精神，如同〈孩子！你要用功唸書！〉一首尾節一樣，有所期待，有所盼望。美中不足者，可進一步深入探討卻半途而廢，廣度亦嫌不足，且技巧、語言亦有造作之嫌。再者，抒情且典雅的語言，使用在牛身上，也是不妥。平心而論，在氣勢上以及語言的選擇、所揭發的問題方面，均略遜〈阿土伯的黃昏〉一疇。〈吳鳳的路上〉描寫作者離鄉多年，一旦返家發現他的故鄉，也是吳鳳的故鄉，居然面目全非，不禁興起弔古之思。作者將當年曹族出草殺人，比喻爲純樸的土地被醜惡的現代人及科技文明糟蹋；而美麗自然的故鄉的默默被汚染，如同吳鳳慷慨赴命、捨生取義。這兩層比喻，十分適切，不落俗套，足見作者功力之一斑。其戲劇性建立在「既是同，又是異」的基礎上，同樣的一塊土地，卻有自然純樸、原始與科技文明、現代的「異」。一樣的山地同胞，吳鳳時代的曹族便與如今的不同。此外，〈秋天〉、〈黃昏〉原型的經營亦非常成功。與〈中元節的雨〉一樣，其最大的缺點則是「短小」，十分可惜，〈嘉義・一九八三〉暴露都市諸多的缺點，紙醉金迷、色情氾濫，受到各種汚染的嘉義市，遭受作者嚴厲的批判和譴責。此詩的好處在於各方面的操作皆非常熟練，而缺失正好在於斯，過於熟練以致令人產生機械而無生命的感覺。老生常談的題材、陳腔爛調的主旨及其表達手法，令人想起痖弦、羅門的那些描繪都市文明的詩。筆者審查此詩時，即引起「套板反應」（Stock response），而引不起新鮮而眞切的情趣。至於結構，此詩亦有疵病。結尾兩行來得太突兀，顯示此詩沒有「一定」的結尾，以四行爲一段的這種形式，似乎可以連綿不斷地經營下去，換句話說，該以哪一段爲收結，欠缺令人心服的理由。其他小疵尚有不少，如「用啤酒牛飲」的文句不通，及每段最後的句點使用的不一致等。以上爲前三名作品分析。

佳作兩篇，其一爲將近三百行的「大」作〈孩子！你要用功唸書！〉，平心而言，此詩優點不多，而缺點不少，例如不但詩句青澀未熟，且「前言」有許多文句不通之處。此詩描寫一位身世淒苦，門衰祚薄，夫死子幼的寡婦的心路歷程。詩中的寡婦務農，吃苦耐勞，獨撐門戶，而把一切希望寄托在孩子身上。她要孩子拋棄鋤頭，拿起筆桿、書本，如此才能出人頭地，這是一個農婦的期盼，也是一個寡婦的信念。貫穿全詩者即是這期盼與信念，其字裡行間則充滿了農人的厚道和母愛的光輝，令人感動。通篇平易近人，情到筆隨，土土的，一點也不假修飾，和經過人工「包裝」的〈我們氏族的圖騰〉、〈嘉義・一九八三〉迥異。筆者以爲有時候「人爲之美，反損自然之趣」，此詩毫不雕琢，乃是其入選佳作的理由，在這點上，評審委員李弦兄的看法與我一致。另一首佳作為〈中元節的雨〉，此詩題材和手法均極特異，令人耳目一新。作者將中元節的雨喻為孤魂野鬼的淚，而把二十世紀現實生活、人世的悲歡愛恨和冥間寃鬼交織在一起，大有人間即如陰間之意味，細細寫來眞是扣人心絃。氣勢一貫而下，簡潔有力。最後四句甚佳，尤其結尾兩句可謂神來之筆，此詩至此戛然而止，效果奇佳，教人回味。

筆者曾撰〈得獎敢言〉一文，載於本刊。該文詳述我所知悉的各文學獎內幕，感嘆公平、公正的文學獎評審委實鮮見，由於我也常參與角逐文學獎，受害亦不淺。因此當嘉雲南地區文學獎主辦單位邀請我擔任決審委員，我便謹愼地秉著公正不阿的態度，從諸多不同的角度來分析，咀嚼所有決審作品，品讀再三，思維再四，最後鄭重選出六篇詩作。本文即將個人的決審意見，一一向讀者說明。

——七十二年十二月二十五日《商工日報》春秋副刊

八〇年代臺灣純文學面臨的困境

題目的「純文學」三字，乃是相對、針對目前盛行的「非純文學」、「非文學」作品而言。例如時下某些粗糙不堪、膚淺鬆散的口號式「政治詩」，便是「非文學」。諸如此類的「非文學」、「非純文學」已大量湧入文壇，所以八十年代臺灣純文學才會面臨一個困境。本文旨在探討這層困境，筆者爲從事詩工作者，以下僅就「詩」來談困境的問題。

最近幾年的新詩，在題材方面，遠較以前廣泛、豐繁，鄉土的、現實的甚至政治的作品，如雨後春筍。這些詩承繼中國文學的優良傳統——憂國憂民、關心民生疾苦，且多方面突破、開拓，多方面嘗試，這也未嘗不是好事。但是，由於詩壇一窩蜂的流行這類路線，宛如三台的武俠連續劇，氾濫成災，而破壞了好事。凡事一經流行便不好，便產生許多問題，便形成一個困境。問題當然不鮮，這裡只談四大問題。

一、文學或藝術中的主題與題材原是兩碼子事，有些詩人創作時卻誤以爲主題即是題材，是二而一的。他們認爲在作品中採用某題材便已同時表達某主題。這是相當嚴重的誤解，緣於此，作品流於空有題材或者素材，缺乏主題。其實，題材必須運用表現方法，加上思想性，才有生命才算完整。我們常見一些詩作光有鄉土、現實、政治素材，而沒有內容，不耐咀嚼玩味，便是這種錯誤觀念下的產物。更進一步而言，擁有主題，可惜未能表達內面的精神，缺乏思考層深度，其主題則流於膚淺、八股，甚至人云亦云。這是屢見不鮮的事。

二、雖有好題材、主題，然未能透過藝術技巧表達得妙，這也是司空見慣的現象。眾所周知，文學並不等於一堆素材，文學更不等於思想或哲學。必須將哲思透過技巧表達，才能成爲文學。很多詩人或根本疏忽這點或眼高手低，尤其是寫擁抱鄉土、關切現實、抗議政府的詩作者。基於此，形成詩語言、技巧的墮落。只知道「寫什麼」，而忽略了「怎麼寫」，導致作品露骨、膚淺、鬆散，失去詩味，令人扼腕。

詩，基本上一定非是「詩」不可。須知鄉土的、現實的、政治的，並不就是屬於詩的或藝術的或好的。唯有巧妙轉化成藝術的題材、主題，才能成爲「詩」。很多詩評家也不了解這點，竟然以鄉土的、現實的、政治的題材、主題爲衡量一首詩好壞的標準。這種所謂詩評家應當好好反省。

再以政治詩來說明。詩並不等於政治，一首作品如果只有政治，而沒有「詩」，則此作品不是壞詩、僞詩，便是「非詩」。換言之，一首詩如果政治意圖大於藝術意圖，社會功用高過於藝術功用，便是「非文學」。唯有將「政治」與「詩」作巧妙地結合，才是「政治詩」。寫吶喊式、口號式的政治詩的詩人，不妨多參考劉克襄的政治詩。

三、有些詩人「刻意」（未眞正發自內心）描寫下階層如農人、礦工的困苦，以及生態環境的汚染、政治的缺失等事，以敢寫這類題材爲得意。甚至有人「故意」人云亦云地「惡意」攻詰社會黑暗、醜陋的一面，此均不足爲範。社會中、人性裡存在善良、光明的一面，亦有險惡、黑暗的一面，假若一味地專門歌頌前者，只見樹木不見森林，固然是「別具用心」，而竭力揭發後者，也是居心叵測。兩者皆有所偏。

描繪黑暗、醜惡面的詩人應該本著善意、誠心，及冀望光明、美好之境來臨的情操。揭發社會壞的一面，基本上，應是要助人類走上愛的、人性的、生命的道路，是「幫助」，絕非「傷害」，這點值得社會寫實詩人一同深思。

四、鄉土、現實、政治的詩昌盛，頗引人注目，有人支持，有人反對，更有人給這一路線的詩人亂扣帽子。文藝評論家朱炎先生於〈眞摯優美的道路〉（五月二十四日《中央日報》文藝評論專刊第九期）一文中嚴厲指責此一路線的作品爲「社會主義的寫實」，爲「無產階級文學」，眞是聳人聽聞。嗣後詩人涂靜怡小姐發表〈維護文學世界的純潔〉（七月二十七日〈春秋副刊〉）一文聲援朱氏，也有驚人之見：「例如某一年度詩選，我實在不明白，為什麼那些所謂新生代的『詩人』，竟然要標榜『關懷鄉土』、『關切現實』，而卻專門選一些竭力醜化政府，醜化執政黨，醜化我們社會，破壞、分化我們內部的團結的詩作呢？」，涂小姐更認為這些詩作乃是為中共和臺獨效命。朱、涂二氏這種不分青紅皂白地毀謗文章，這種是非不明的偏失淺見，委實也非「愛的，人性的」。對詩壇是一種「傷害」，談不上「幫助」。

中國古代，譬如唐朝，杜甫、白居易等人寫過大量的關懷、反映民生疾苦與抗議政府之詩作，如果他們活在現代，恐怕也要被戴上一頂大帽子，不知朱、涂二氏是否想到這問題？

筆者以為攻擊、暴露社會、國家之瘡疤，只要出於誠心、善意，對社會國家之發展多少有助益，比虛偽地歌功頌德還要有正面意義。當然如係本諸惡意、刻意，則另當別論。實話實說、直言不諱，難道就是有意刁難？就是不忠於國家？就是臺獨份子的同路人？這種說法未免強詞奪理、胡說八道，這算哪一門推理、邏輯？如前所述，筆者總是以為，身為一個作家，心目中只有黑暗面，固然是淺見；同理，心目中只有光明面，完全看不到黑暗面，也是短視。

問題尚有很多，以上僅舉犖犖大者。這些問題的累積造成當前「純文學」的困境，如何儘早解決困境，消除疵病，促使八十年代臺灣純文學新生，實在是每一位詩人、詩評家共同的課題和責任。

——七十三年八月二十一日《商工日報》春秋副刊

以兒童爲師

從事兒童詩創作多年，心中卻充滿了疑惑。

成人和小朋友都常發問「什麼是兒童詩」？我想，基本上，必須是「詩」。其次，只要兒童能欣賞者。符合這兩個條件，便是所謂「兒童詩」。但是，兒童能欣賞的詩並不一定全屬佳構，也有不成功之作。那麼，有人會追問「好詩壞詩如何分辨？」這個問號也在現代詩壇困擾成人數十年之久。一首童詩的優劣評價標準是什麼？我個人的看法是：

一、要有創意。

二、有潛移默化的功能，也就是具有教育性。

三、有技巧。

四、有趣。

只要達到上述二或三點便算得上好詩，當然，四點皆臻及則更佳。這些要求，成人創作的兒童詩或許能完全而圓滿地做到，而兒童寫的兒童詩勢必無法面面俱到。比如潛移默化的這項要求，大人較易掌握，然而對小朋友而言或許有困難。因此，特別是小朋友寫的兒童詩，倘若符合上述兩、三項要求便是好詩無疑。我也常自問：這樣對嗎？

兒童寫的兒童詩，泰半比成人寫的兒童詩還切合兒童需要，合兒童味口。在這方面，兒童往往是成人的老師。因爲大人寫的兒童詩多少含有大人的影子。這尚牽涉幾個問題，即是大人是否在主觀的情形下寫了一些「僞童詩」呢？而沒有站在兒童的立場，也就是說未使用兒童的語言、意象、想法、心靈與情緒來寫詩。這種情形下的產物對兒童會不會產生誤導？兒童該不該、會不會抗議、排斥這種不良現象？

大體而言，三年級的小朋友寫的詩，三年級小學生多半了解。然而，大人寫的兒童詩到底給哪一年級閱讀的？一、二年級與五、六年級的程度相差懸殊，閉門造車的大人是否想到這層問題？

再進一步「疑惑」，到底有多少小朋友瞭解兒童詩？哪些詩看得懂？哪些不懂？大人有沒有問卷調查過？因爲我也常懷疑自己寫的兒童詩究竟給哪一年級看的，究竟有沒有造成他們了解、欣賞上的困難？

寫兒童詩的我時時「以兒童爲師」，經常考慮上述這些問題，也請寫兒童詩的大人們一起來思索並解決這些疑難雜症，早日爲國家未來的主人翁整理出一條正確而有用的「詩」路。

——七十四年一月二十四日《中央副刊》

附錄：渡也寫作年表

民國四十一年 出生於嘉義市。

民國四十六年 全家遷居嘉義縣民雄鄉。

民國四十八年 入民雄國民學校就讀。

民國五十四年 小學畢業，考入省立嘉義中學初中部就讀。

民國五十五年 嘗試寫小說、散文、新詩，產量不少，但皆不成熟。深受導師賀藩林先生（國文教師）影響。常與同學黃憲東（筆名黃維君）討論文學。

民國五十七年 初中畢業。因家道中衰，畢業後在嘉市某文具店當學徒。

民國五十八年 入省立嘉義高工就讀，以便畢業即上班賺錢。

民國五十九年 開始在報紙、雜誌發表新詩、散文。

受詩人張默、羊令野及國文老師吳美慶老師提掖。

民國六　十年　與嘉義師專才女牧凰熱戀。

民國六十一年　與文友合辦《拜燈雙月刊》。高工畢業，於板橋厚生橡膠廠上班。

民國六十二年　考上文化大學物理系。

民國六十三年　轉入中文系，正式走上中國文學之路。

民國六十四年　大二完成論文〈文學作品中的鏡頭作用〉，迨刊於十一月號《幼獅月刊》時已升大三。此爲有生以來首次論文刊登於學術刊物。

民國六十六年　八月，散文集《歷山手記》（洪範書局）出版。常與李瑞騰、向陽討論文學。
以論文〈陳子昂感遇詩三十八首分析〉獲教育部青年研究發明獎。
大學畢業，考入文化大學中文研究所碩士班。

民國六十七年　以論文〈新詩形式設計的美學基礎—層遞篇〉獲教育部青年研究發明獎。

民國六十八年　在黃永武博士指導下，完成論文《遼代之文學背景及其作品》，獲得碩士學位。
考上文化大學中文研究所博士班。

民國六十九年 八月，與劉秀珍小姐結婚。

〈永遠的蝴蝶〉一文獲聯合報極短篇小說獎。

六月，情詩集《手套與愛》（故鄉出版社）出版。

十月，古典文學論集《分析文學》（東大圖書公司）出版。

十二月，散文集《永遠的蝴蝶》（聯合報社）出版。

民國七　十年 二月，古典文學論集《花落又關情》（故鄉出版社）出版。

八月，任國立嘉義農專專任講師，時余玉賢博士擔任校長。

獲第四屆中國時報敍事詩獎。

民國七十一年 五月，童詩集《陽光的眼睛》（成文出版社）出版。

民國七十二年 六月，新詩集《憤怒的葡萄》（時報出版公司）出版。

九月，新文藝論集《渡也論新詩》（黎明文化事業公司）出版。

民國七十四年 在黃永武博士指導下，完成《唐代山水小品文研究》，獲得博士學位。

獲第八屆中興文藝獎章。

十月，入伍服預官役。正式離開令人失望的嘉義農專，時林中茂擔任校長。

民國七十五年 正式使用另一筆名「江山之助」。

脊椎嚴重受傷，此後長期接受治療。蒙立委蕭瑞徵先生之協助而得以入院醫治。認識小說家、畫家施明正先生，接受施先生推拿治療。

長詩〈最後的長城〉獲中華文學獎敍事詩首獎。

長詩〈宣統三年〉獲中央日報百萬徵文首獎。

民國七十六年 五月，古典文學論集《普遍的象徵》（業強出版社）出版。

八月，退伍。獲聘爲國立臺灣教育學院（今國立彰化師範大學）副教授。

民國七十七年 二月，散文集《夢魂不到關山難》（漢光文化事業公司）出版。

春，課餘從事古物民藝生意。

新詩〈竹〉被選入國中國文課本第六冊。

十月，敘事詩集《最後的長城》（黎明文化事業公司）出版。

民國七十八年 七月，新詩集《落地生根》（九歌出版社）出版。

民國七十九年 十二月，情詩集《空城計》（漢藝色研出版社）出版。

民國八十一年 論文〈新詩形式設計的美學—排比篇〉獲國科會甲種獎助。

七月，與向明、蕭蕭、白靈、蘇紹連、尹玲、李瑞騰、游喚共同創辦《臺灣詩學季刊》雜誌社。

民國八十二年

二月，新文藝論著《新詩形式設計的美學》（臺灣詩學季刊雜誌社）出版。
二月，新詩集《留情》（漢藝色研出版社）出版。
六月，新詩集《面具》（臺中縣立文化中心）出版。
六月，獲教育部頒全國大學暨獨立學院教學特優教師。
八月，升教授。

民國八十三年

一月，古典文學論集《花落又關情》改由月房子出版社重新包裝出版。
六月，新詩集《不准破裂》（彰化縣立文化中心）出版。
六月，論文〈新詩形式設計的美學—對偶篇〉獲國科會甲種獎助。
退出臺灣詩學季刊雜誌社。
九月，獲「創世紀四十周年創作獎」。
九月，擔任中國時報「時報文學獎」決審委員。
十一月，榮膺母校省立嘉義高工傑出校友獎。

民國八十四年

二月，新文藝論著《新詩補給站》（三民書局）出版。

三民叢刊書目

①邁向已開發國家　孫　震著
②經濟發展啟示錄　于宗先著
③中國文學講話　王更生著
④紅樓夢新解　潘重規著
⑤紅樓夢新辨　潘重規著
⑥自由與權威　周陽山著
⑦勇往直前
・傳播經營札記　石永貴著
⑧細微的一炷香　劉紹銘著
⑨文與情　琦　君著
⑩在我們的時代　周志文著
⑪中央社的故事（上）
・民國二十一年至六十一年　周培敬著
⑫中央社的故事（下）
・民國二十一年至六十一年　周培敬著
⑬梭羅與中國　陳長房著
⑭時代邊緣之聲　龔鵬程著

⑮紅學六十年　潘重規著
⑯解咒與立法　勞思光著
⑰對不起，借過一下　水　晶著
⑱解體分裂的年代　楊　渡著
⑲德國在那裏？（政治、經濟）
・聯邦德國四十年　郭恆鈺
許琳菲等著
⑳德國在那裏？（文化、統一）
・聯邦德國四十年　郭恆鈺
許琳菲等著
㉑浮生九四
・雪林回憶錄　蘇雪林著
㉒海天集　莊信正著
㉓日本式心靈
・文化與社會散論　李永熾著
㉔臺灣文學風貌　李瑞騰著
㉕干儛集　黃翰荻著

㉖作家與作品　謝冰瑩著
㉗冰瑩書信　謝冰瑩著
㉘冰瑩遊記　謝冰瑩著
㉙冰瑩憶往　謝冰瑩著
㉚冰瑩懷舊　謝冰瑩著
㉛與世界文壇對話　鄭樹森著
㉜捉狂下的興嘆　南方朔著
㉝猶記風吹水上鱗
・錢穆與現代中國學術　余英時著
㉞形象與言語
・西方現代藝術評論文集　李明明著
㉟紅學論集　潘重規著
㊱憂鬱與狂熱　孫瑋芒著
㊲黃昏過客　沙究著
㊳帶詩蹺課去　徐望雲著
㊴走出銅像國　龔鵬程著
㊵伴我半世紀的那把琴　鄧昌國著
㊶深層思考與思考深層
・轉型期國際政治的觀察　劉必榮著
㊷瞬間　周志文著
㊸兩岸迷宮遊戲　楊渡著
㊹德國問題與歐洲秩序　彭滂沱著
㊺文學關懷　李瑞騰著
㊻未能忘情　劉紹銘著
㊼發展路上艱難多　孫震著
㊽胡適叢論　周質平著
㊾水與水神
・中國的民俗與人文　王孝廉著
㊿由英雄的人到人的泯滅
・法國當代文學論集　金恆杰著
51重商主義的窘境　賴建誠著
52中國文化與現代變遷　余英時著
53橡溪雜拾　思果著
54統一後的德國　郭恆鈺主編
55愛廬談文學　黃永武著
56南十字星座　呂大明著
57重疊的足跡　韓秀著
58書鄉長短調　黃碧端著
59愛情・仇恨・政治
・漢姆雷特專論及其他　朱立民著

(60) 蝴蝶球傳奇　顏匯增著
・真實與虛構
(61) 文化啓示錄　南方朔著
(62) 日本這個國家　章　陸著
(63) 在沉寂與鼎沸之間　黃碧端著
(64) 民主與兩岸動向　余英時著
(65) 靈魂的按摩　劉紹銘著
(66) 迎向眾聲　向　陽著
・八〇年代臺灣文化情境觀察
(67) 蛻變中的臺灣經濟　于宗先著
(68) 從現代到當代　鄭樹森著
(69) 嚴肅的遊戲　楊錦郁著
・當代文藝訪談錄
(70) 甜鹹酸梅　向　明著
(71) 楓　香　黃國彬著
(72) 日本深層　齊　濤著
(73) 美麗的負荷　封德屏著
(74) 現代文明的隱者　周陽山著
(75) 煙火與噴泉　白　靈著

(76) 七十浮跡　項退結著
・生活體驗與思考
(77) 永恆的彩虹　小　民著
(78) 情繫一環　梁錫華著
(79) 遠山一抹　思　果著
(80) 尋找希望的星空　呂大明著
(81) 領養一株雲杉　黃文範著
(82) 浮世情懷　劉安諾著
(83) 天涯長青　趙淑俠著
(84) 文學札記　黃國彬著
(85) 訪草（第一卷）　陳冠學著
(86) 藍色的斷想　陳冠學著
・孤獨者隨想錄
A・B・C全卷
(87) 追不回的永恆　彭　歌著
(88) 紫水晶戒指　小　民著
(89) 心路的嬉逐　劉延湘著
(90) 情書外一章　韓　秀著
(91) 情到深處　簡　宛著
(92) 父女對話　陳冠學著

⑨③ 陳冲前傳　嚴歌苓著
⑨④ 面壁笑人類　祖　慰著
⑨⑤ 不老的詩心　夏鐵肩著
⑨⑥ 雲霧之國　合山　究著
⑨⑦ 北京城不是一天造成的　喜　樂著
⑨⑧ 兩城憶往　楊孔鑫著
⑨⑨ 詩情與俠骨　莊　因著
⑩⓪ 文化脈動　張　錯著
⑩① 桑樹下　繆天華著
⑩② 牛頓來訪　石家興著
⑩③ 深情回眸　鮑曉暉著
⑩④ 新詩補給站　渡　也著
⑩⑤ 鳳凰遊　李元洛著
⑩⑥ 文學人語　高大鵬著
⑩⑦ 養狗政治學　鄭赤琰著
⑩⑧ 烟　塵　姜　穆著
⑩⑨ 河　宴　鍾怡雯著
⑪⓪ 滬上春秋　章念馳著
⑪① 愛廬談心事　黃永武著

⑪② 吹不散的人影　高大鵬著
⑪③ 草鞋權貴　嚴歌苓著
⑪④ 是我們改變了世界　張　放著
⑪⑤ 夢裡有隻小小船　夏小舟著
⑪⑥ 狂歡與破碎　林幸謙著
⑪⑦ 哲學思考漫步　劉述先著
⑪⑧ 說　涼　水　晶著
⑪⑨ 紅樓鐘聲　王熙元著
⑫⓪ 寒冬聽天方夜譚　保　真著
⑫① 儒林新誌　周質平著
⑫② 流水無歸程　白　樺著
⑫③ 偷窺天國　劉紹銘著
⑫④ 倒淌河　嚴歌苓著
⑫⑤ 尋覓畫家步履　陳其茂著
⑫⑥ 古典與現實之間　杜正勝著
⑫⑦ 釣魚臺畔過客　彭　歌著
⑫⑧ 古典到現代　張　健著
⑫⑨ 帶鞍的鹿　虹　影著
⑬⓪ 人文之旅　葉海煙著

⑬¹ 生肖與童年　小民著　喜樂圖
⑬² 京都一年　林文月著
⑬³ 山水與古典　林文月著
⑬⁴ 冬天黃昏的風笛　呂大明著
⑬⁵ 心靈的花朵　戚宜君著
⑬⁶ 親　戚　韓　秀著
⑬⁷ 清詞選講　葉嘉瑩著
⑬⁸ 迦陵談詞　葉嘉瑩著
⑬⁹ 神　樹　鄭　義著
⑭⁰ 琦君說童年　琦　君著
⑭¹ 域外知音　張堂錡著
⑭² 遠方的戰爭　鄭寶娟著
⑭³ 留著記憶・留著光　陳其茂著
⑭⁴ 滾滾遼河　紀　剛著
⑭⁵ 王禎和的小說世界　高全之著
⑭⁶ 永恆與現在　劉述先著
⑭⁷ 東方・西方　夏小舟著
⑭⁸ 嗚咽海　程明琤著
⑭⁹ 沙發椅的聯想　梅　新著
⑮⁰ 資訊爆炸的落塵　徐佳士著
⑮¹ 沙漠裡的狼　白　樺著
⑮² 風信子女郎　虹　影著
⑮³ 塵沙掠影　馬　遜著
⑮⁴ 飄泊的雲　莊　因著
⑮⁵ 和泉式部日記　林文月譯・圖
⑮⁶ 愛的美麗與哀愁　夏小舟著
⑮⁷ 黑　月　樊小玉著
⑮⁸ 流香溪　季　仲著
⑮⁹ 史記評賞　賴漢屏著
⑯⁰ 文學靈魂的閱讀　張堂錡著
⑯¹ 抒情時代　鄭寶娟著
⑯² 九十九朵曇花　何修仁著
⑯³ 說故事的人　彭　歌著
⑯⁴ 日本原形　齊　濤著
⑯⁵ 從張愛玲到林懷民　高全之著
⑯⁶ 莎士比亞識字不多？　陳冠學著
⑯⁷ 情思・情絲　龔　華著

⑱ 說吧，房間　林　白著
⑲ 自由鳥　鄭　義著
⑰ 魚川讀詩　梅　新著
⑰ 好詩共欣賞　葉嘉瑩著
⑰ 永不磨滅的愛　楊秋生著
⑰ 晴空星月　馬　遜著
⑰ 風　景　韓　秀著
⑰ 談歷史　話教學　張　元著
⑰ 兩極紀實　位夢華著
⑰ 遙遠的歌　夏小舟著
⑰ 時間的通道　簡　宛著
⑰ 燃燒的眼睛　簡　宛著
⑱ 月兒彎彎照美洲　李靜平著
⑱ 愛廬談諺詩　黃永武著
⑱ 劉真傳　黃守誠著
⑱ 天涯縱橫　位夢華著
⑱ 新詩論　許世旭著
⑱ 天　譴　張　放著
⑱ 綠野仙蹤與中國　賴建誠著
⑱ 標題飆題　馬西屏著
⑱ 詩與情　黃永武著
⑱ 鹿　夢　康正果著
⑲ 蝴蝶涅槃　海　男著
⑲ 半洋隨筆　林培瑞著
⑲ 沈從文的文學世界　王繼志　陳　龍著
⑲ 送一朵花給您　簡　宛著
⑲ 波西米亞樓　嚴歌苓著
⑲ 化妝時代　陳家橋著
⑲ 寶島曼波　李靜平著
⑲ 只要我和你　夏小舟著
⑲ 銀色的玻璃人　海　男著
⑲ 小歷史　林富士著
⑳ 再回首　鄭寶娟著
⑳ 舊時月色　張堂錡著
⑳ 進化神話第一部·駁達爾文《物種起源》　陳冠學著

203
大話小說
莊因 著

作者以其亦莊亦諧的筆調，探觸華人世界的生活百態，這其中有憶往記遊、有典故，當然還有他所嗜好的飲食文化，綜觀全書，不時見他出入人群，議論時事，批評時弊，本著知識份子的良知良行，期待著中國人有「說大話而不臉紅的一天」。

204
人禍
彭道誠 著

太平天國起義是近代不容忽視的歷史事件，他們主張男女平等，要解百姓倒懸之苦。而戰無不勝勢如破竹的天朝，卻在攻下半壁江山後短短幾年由盛而衰，終為曾國藩所敗，何以有此劇變？讀者可從據史實改編的本書中發現端倪。

205
殘片
董懿娜 著

讀董懿娜的小說就像凝視一朵朵淒美的燭光。她筆下的女主人翁大都是敏感又聰明的人物，明明知道等待著她的是絕望，她還要希望。而她們的命運遭遇，會讓人覺得曾經在塵世間匆匆一瞥。本書就在作者獨特細緻的筆觸下，編排著夢一般的真實。

206
陽雀王國
白樺 著

中國施行共產主義，在政治、文化、生活作了種種革新，人民在一波波浪潮衝擊下，徘徊新舊之間。本書文字自然流暢，以一篇篇小說寫出時代轉變下豐富的眾生相，可喜、可憎、可愛的人生際遇，反應當時社會背景，讀之，令人動容。

207
懸崖之約

海男 著

「男人與女人在此約會中的故事，貫穿著一個幸運的結局和另一個戲劇的結局」。一個患腦癌的四十歲女子，她要在去天堂之前去訪問記憶中銘心刻骨的每一個朋友，也許是密友、情人、前夫，她的生活因為有了昨日的記憶，將展開一段不同的旅程。

208
神交者說

虹影 著

人的情感總是同時交雜著出現，很難只用喜悅、悲傷、恐懼等單純詞語完整表達。而本書作者細緻地記述回憶或現實的片段，藉以呈現許多情況下（如養父過世，或只是邂逅陌生人等）人複雜多變的感覺，使讀者能自然地了解書中的情境與人物的感受。

209
海天漫筆

莊因 著

或「拍案叫好」或「心有戚戚」或「捫心自思」，作者以其多年旅居海外經驗，與自身文化激盪的心得，發為一篇篇散文，不但將中華文化精華發揚，亦介紹西方生活的真善美。且看「海」的那片「天」空下，作者浪「漫」的妙「筆」！

210
情悟，天地寬

張純瑛 著

本書乃集結作者旅居美國多年來的文章，娓娓細述遊子之情。其文字洗鍊，生動感人，處處展現羈旅之心與赤子之情。作者雖從事電腦業，但文章風格清新雋永。值得你我風簷展讀，再三品味，從中探索「情」之真諦！

211
誰家有女初養成
嚴歌苓 著

「巧巧覺得出了黃桷坪的自己，很快會變一個人的。對於一個新的巧巧，窩在山溝裡的黃桷坪和窩在黃桷坪的一切人和事，都不在話下。」踏出黃桷坪的巧巧會有怎樣的改變呢？如願的坐上流水線抑或是……

212
紙銬
蕭馬 著

紙銬，這樣再簡單不過的刑具，卻可以鎖住人的雙手，甚至鎖住人心，牢牢的，讓人難以掙脫更不敢掙脫。隨便揀一張紙，挖兩個窟窿，然後自己把手伸進去，老老實實地伸直了手，哪敢輕易動彈，碰上風吹雨淋，弄斷了紙銬，一個個都急成了哭相……

213
八千里路雲和月
莊因 著

本書可分為兩大部分，雖然皆屬於記遊文字、同在大陸地區，時間，卻整整相隔了十八年。作者以其獨特的觀點、洗鍊的文筆，道出兩段旅程中的種種。從這些文章，我們可以看見一些故事，也可以看出一位經歷不凡的作家，擁有的不凡熱情。

214
拒絕與再造
沈奇 著

新詩已死？現代人已不讀詩？對於這些現象，作者本著長年關注現代詩的研究，對現代詩有其深刻的體認，無論是理論的闡述或是兩岸詩壇的現況，甚至是詩作的分析，都有其獨特的見解。在他的帶領下，你將對現代詩的風貌，有全新的認識與感受。

215
冰河的超越
葉維廉　著

詩人在新生的冰河灣初次與壯麗的冰河群相遇，面對這無言獨化、宇宙偉大的運作，面對「雪疊著雪雪疊著雪疊著永不溶解的雪／緩緩地積壓著／冰晶冰層冰箔相連覆蓋九萬餘里」的景象，喜悅、震撼、思涉千載而激盪出澎湃磅礡的——冰河的超越。

216
庚辰雕龍
簡宗梧　著

基於寫作興趣就讀中文系，卻因教學職責的召喚，不得不放緩文學創作的腳步。本書作為政大簡宗梧教授創作成果的集結，不僅可讓讀者粗識簡教授於教學及研究著績外的創作成果，也將是記誌簡教授今後創作「臺灣賦」系列作品的一個始點。

217
莊因詩畫
莊　因　著

因心儀進而仿效豐子愷漫畫令人會心的幽默與趣味，作者基於同樣對世間生命萬物寬厚博大的關注與愛心，以他罕為人知的「第三枝筆」，畫出現今生活於你我四周真實人物的喜怒哀樂，並附以詩文，為傳統的中國詩畫注入了全新的生命。

218
換了頭抑或換了身體
張德寧　著

換了頭抑或換了身體？當器官移植技術發達到可以更換整個身軀時，我們要擔心的是生理上的排斥或心理上的抗拒？該為人類創造的奇蹟喝采還是為扭曲了人的靈魂而付出代價？藉作者精心的布局與對人深刻的觀察，我們將探觸心裡未曾到達的角落。

219

黥首之後

朱暉 著

政治上成分的因素，他曾前後被抄三次家，父母也先後被送入囹圄和下放勞改。他嚐盡世間的殘酷悲涼，看透人性的醜陋自私，但外在的折磨越狠越兇，內裡的親情就越密越濃。人性中最陰暗齷齪的一面與最光明燦爛的一面，都在這裡。

220

生命風景

張堂錡 著

每個人的故事，如同璀璨的風景，綻放動人的面貌。透過作者富含情感的筆觸，引領出成功背後的奮鬥歷程。文中所提事物，與我們成長經驗如此貼近，讓人油然而生「心有戚戚焉」之感。他們見證歷史，也予我們許多值得省思與仿效的地方。

221

在綠茵與鳥鳴之間

鄭寶娟 著

不論是走訪歐洲歷史遺跡有感，或抒發旅法思鄉情懷，抑或中西文化激盪的心得，作者以其一貫獨特的思考與審美觀，發為數十篇散文，澄清的文字、犀利的文筆中，流露著一種靈秘的詩情與浪漫的氣氛，讓讀者在綠茵與鳥鳴之間享受有深度的文化饗宴。

222

葉上花

董懿娜 著

讀董懿娜的文章，如同接受心靈的浸潤。生活的點滴，藉她纖細敏感的筆尖，便能在心中蕩起圈圈漣漪；娓娓的傾訴，叫人不禁沉入她的世界。在探求至情至性的同時，重新面對自己，循著她的思緒前進，彷彿也走出了現實的惱人，燃起對生命的熱情。

223
與自己共舞
簡宛　著

「與自己共舞，多麼美好歡暢的感覺！」長年旅居海外的簡宛，以平實真誠的筆調，與讀者分享「接納自己、肯定自我」的喜悅。書中收錄作者多年來與自己共舞的所思所感，包含對婚姻、家庭、自我成長的探討，值得讀者細細品味這分坦率至情的人生智慧。

224
夕陽中的笛音
程明琤　著

我們從本書中可領略程明琤對於生命的思索與感受，對於文化的關懷珍視，她更以廣闊的角度引領讀者去探索藝術家的風範和多彩的人文景致。讀她的文章不只是欣賞她行文遣字的氣蘊靈秀，真正觸動人心的是她對眾生萬相所付注的人文情懷。

225
零度疼痛
邱華棟　著

「我發現我已被物所包圍，周圍一個物的世界，它以嚇人的速度在變化更新，似乎我的生活已經事先被規定、被引導、被制約、被追趕。」作者以魔幻的筆法剖析現代人被生活擠壓變形的心靈。事實上，我們都是不同程度的電話人、時裝人、鐘錶人……。

226
歲月留金
鮑曉暉　著

以滿盈感恩的心，追憶大時代的離合悲歡，及中國這片土地的光輝與無奈；用平實卻動人的文字，記錄生活的精彩，和對生命的熱愛與執著。作者將歲月中的點滴與感動，譜成這數十篇的散文，讀來令人低徊不已，並激盪出對生命的無限省思。

國家圖書館出版品預行編目資料

新詩補給站／渡也著.－－初版二刷.－－臺北市；三民，民90
面；　公分－－(三民叢刊;104)

ISBN 957-14-2190-1　(平裝)

1. 中國詩-評論 2. 中國詩-寫作法

821.88　　84000250

網路書店位址　http://www.sanmin.com.tw

著作人　渡　也
發行人　劉振強
著作財產權人　三民書局股份有限公司
臺北市復興北路三八六號
發行所　三民書局股份有限公司
地址／臺北市復興北路三八六號
電話／二五〇〇六六〇〇
郵撥／〇〇〇九九九八──五號
印刷所　三民書局股份有限公司
門市部　復北店／臺北市復興北路三八六號
重南店／臺北市重慶南路一段六十一號
初版一刷　中華民國八十四年二月
初版二刷　中華民國九十年三月
編　號　S 85288
基本定價　參元肆角
行政院新聞局登記證局版臺業字第〇二〇〇號

ISBN　957-14-2190-1　(平裝)